우리가 지켜야 할

천연기념물

 **2학년 1학기 국어**
2. 알고 싶어요

 **3학년 2학기 과학**
2. 동물의 세계 (1) 동물의 생김새
　　　　　　　 (2) 동물이 사는 곳
　　　　　　　 (3) 사는 곳에 따른 동물의 생김새

 **4학년 1학기 과학**
2. 지표의 변화 (1) 소중한 자원, 흙
　　　　　　　 (2) 변화하는 땅

 **4학년 2학기 과학**
1. 식물의 세계 (2) 식물이 사는 곳

 **5학년 2학기 과학**
1. 환경과 생물 (1) 온도가 생물에 미치는 영향

 **6학년 1학기 과학**
4. 생태계와 환경 (4) 생물이 환경에 적응하는 방법
　　　　　　　　 (5) 사람들의 생활이 생태계에 미치는 영향
　　　　　　　　 (6) 환경오염이 생물에게 미치는 영향
　　　　　　　　 (7) 환경을 깨끗하게 하는 방법

우리가 지켜야 할
천연기념물

우리누리 글 ● 이설 그림

주니어중앙

어린이가 꿈을 키우는 터전

꿈 많은 어린 시절엔 장대한 역사와 위대한 문화유산에 관한
책을 읽는 것이 좋다.
거기에는 어린이가 꿈을 키우는 터전이 있기 때문이다.
감수성 예민한 어린 시절엔 흥미로운 그림을 통하여
재미있게 이야기를 풀어간 책이 좋다.
그것은 시각적 인식을 통해 어린이의 상상력을 자극하기 때문이다.
『오십 빛깔 우리 것 우리 얘기』는 이런 필요조건을 갖춘
고급 어린이 교양도서라 할 만한 것이다.

유홍준
(전 문화재청장, 현 명지대 교수,
『나의 문화유산 답사기』 저자)

이 책을 추천해 주신 선생님들

● 전래놀이, 풍속과 관련된 수업에 활용하고 있습니다. 옛 풍속과 관련해서 요즘에는 잘 사용하지 않는 용어들이 있어서 아이들이 어려워하는데, 이 책에는 사진 자료와 함께 쉽고 정확하게 설명이 되어 있어 아이들이 이해하기 쉽게 되어 있습니다.

— 손영수 선생님(가사초등학교)

● 아이들이 우리의 전통문화를 쉽게 접할 수 있도록 도움을 주는 소중한 자료입니다. 우리 학교의 독서 퀴즈 대회에서 매년 사용하는 책이랍니다.

— 성주영 선생님(도당초등학교)

● 우리의 옛 풍습과 문화, 관혼상제 등에 대해 자세히 설명되어 있어 수업을 하기 전에 미리 읽어 오라고 하는 도서입니다.

— 전은경 선생님(용산초등학교)

● 우리의 문화와 역사를 초등학생들이 이해하기 쉽도록 재미있는 옛이야기로 풀어낸 점이 가장 마음에 듭니다. 초등 교과와 연계된 부분이 많아 학교 수업에 많이 활용하는 도서입니다.

— 한유자 선생님(삼일초등학교)

김임숙 선생님(팔달초)	조윤미 선생님(화양초)	이경혜 선생님(군포초)	염효경 선생님(지동초)
오재민 선생님(조원초)	박연희 선생님(우이초)	박혜미 선생님(대평중)	이진희 선생님(수일초)
최정희 선생님(온곡초)	정경순 선생님(시흥초)	박현숙 선생님(중흥초)	김정남 선생님(외동초)
이광란 선생님(고리울초)	김명순 선생님(오목초)	신지연 선생님(개포초)	심선희 선생님(상원초)
문수진 선생님(덕산초)	정지은 선생님(세검정초)	정선정 선생님(백봉초)	김미란 선생님(둔전초)
김미정 선생님(청덕초)	조정신 선생님(서신초)	김경아 선생님(서림초)	김란희 선생님(유덕초)
정상각 선생님(대선초)	서흥희 선생님(수일중)	윤란희 선생님(안산시근로자시민문화센터어린이도서관)	

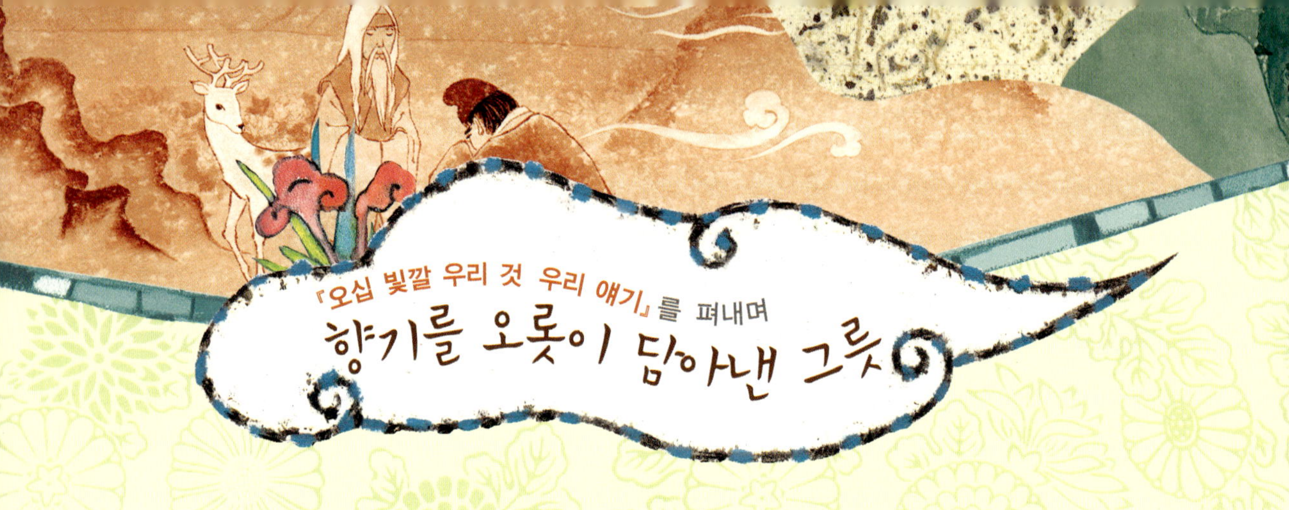

『오십 빛깔 우리 것 우리 얘기』 시리즈가 처음 출간된 지 어느덧 16년이 되었습니다. 그동안 수많은 어린이와 부모님, 그리고 선생님들의 사랑을 받으며 전 50권이 완간되었고, 어린이 옛이야기 분야의 고전(古典)이자 스테디셀러로 굳건히 자리매김해 왔습니다.

이 시리즈는 '소중히 지켜야 할 우리 것'에 대한 이야기를 어린이를 위해 '쉽고 재미있게' 풀어쓴 책입니다. 내용으로는 선조들의 생활과 풍습 이야기, 문화재와 발명품 이야기, 인물과 과학기술·예술작품 이야기, 팔도강산과 고유 동식물 이야기 등 우리나라 역사와 전통문화 모든 영역을 총망라하고 있습니다. 그리고 이를 50가지 주제로 엮어 저학년 어린이도 얼마든지 볼 수 있도록 맛깔나는 옛이야기로 담아냈습니다. 장대한 역사와 위대한 문화유산을 배우기에 옛이야기만큼 좋은 형식도 없기 때문입니다.

대한민국 국민으로서 알아야 하고 전해야 할 우리 것, 우리 얘기는 아주 많습니다. 그동안 이 시리즈를 통해 많은 어린이가 우리 것을 알게 되고, 우리 얘기를 사랑하게 되었을 것입니다. 시간이 흘러도 역사와 전통문화의 향기는 변하지 않기 때문입니다.

하지만 저희는 그 향기를 담아내는 그릇이 그간 색이 바래고 빛을 잃었다는 사실에 가슴이 아프고 안타까웠습니다. 그래서 책에서 전하는 우리 것의 향기를 오롯이 담아낼 수 있는 새로운 그릇을 찾고자 하였습니다. 그 그릇을 통해 향기가 더욱 그윽해지고 멀리까지 퍼져서 수백 년, 수천 년 전의 우리 것이 오늘날에도 살아 숨 쉴 수 있도록 생명력을 주고자 하였습니다.

이에 몇 가지 원칙을 가지고 『오십 빛깔 우리 것 우리 얘기』 시리즈를 새롭게 출간하게 되었습니다.

◎ 원작이 가지는 옛이야기의 맛과 멋을 그대로 살렸습니다.

◎ 요즘 독자들의 감각에 맞추어 디자인과 그림을 50권 전권 전면 개정하였습니다.

◎ 교과 학습의 길잡이가 될 수 있도록 연계 교과를 표시하였습니다.

◎ 학습정보 코너는 유익함과 재미를 함께 줄 수 있도록 4컷 만화, 생생 인터뷰,
   묻고 답하기 등으로 내용을 재구성하였고, 최신 정보와 사진을 수록하였습니다.

◎ 도표, 연표, 역사신문, 체험학습 등으로 권말부록을 풍성하게 꾸며서
   관련 교과 학습을 강화하였습니다.

이 책을 처음 읽었을 8살 꼬마 독자는 지금쯤 나라와 민족에 긍지를 가진 25살 자랑스러운 대한민국 청년이 되었을 것입니다. 그 청년이 부모가 되어서도 자녀에게 다시 권할 수 있는 그런 책이 되기를 바라며, 이 시리즈를 오십 빛깔 그릇에 정성껏 담아 내어놓습니다.

주니어중앙

자연이 빚어낸 보물, 천연기념물

곶감을 무서워한 덩치 큰 호랑이 이야기, 고요한 밤 여우가 재주를 넘는 이야기, 나그네의 가슴을 철렁 내려앉게 한 무서운 늑대 이야기. 이런 옛이야기를 어린이 여러분도 많이 들어 보았지요?

하지만 호랑이나 여우, 늑대는 이제 우리 자연 속에서 거의 찾아볼 수 없게 되었어요. 또 우리 강산을 곱게 수놓았던 아름다운 꽃과 나무들도 하나둘 사라져 가고 있지요.

그래서 사람들은 이런 자연물을 '천연기념물'로 지정해 보호하고 있어요. 천연기념물에는 멸종 위기에 처한 동식물은 물론, 그런 동식물의 서식지, 기이한 암석과 동굴, 보존할 가치가 높은 산과 섬 등이 있지요.

우리나라에서는 1962년 처음으로 천연기념물 제1호를 지정했어요. '대구 도동 측백나무 숲'이 바로 그 주인공이지요. 그리고 지금까지 530개가 넘는 천연기념물이 지정되었답니다.

하지만 실제로 보호하고 관리하는 천연기념물은 445개 정도라고 해요. 천연기념물 제231호 '통영 도선리 백로와 왜가리 번식지'처럼 천연기념물 표에서 사라진 것도 있거든요. 환경 변화로 더는 백로와 왜가리가 날아오지 않아 천연기념물 표에서 빠져 버린 것이지요.

만약 우리가 천연기념물을 보호하지 않아 이 숫자가 줄어든다면 그건 참으로 안타까운 일이에요. 하지만 반대로 천연기념물을 잘 보호하여 더는 천연기념물 표에 있을 필요가 없어진다면 그건 아주 반가운 일이겠지요?

지금부터 들려주는 우리 천연기념물 이야기에 귀 기울여 보세요. 그리고 소중한 천연기념물을 지키기 위해 우리는 어떤 일을 할 수 있을지 함께 생각해 보아요.

어린이의 벗 우리누리

차례

귀신을 쫓는 개
삽살개

 떠나게 되었어요.
선비는 자기가 태어난 고향 밖으로 한 번도 나가 본 적이 없어서
겁이 좀 났지요. 선비의 형은 동생의 걱정을 알아차렸어요.
　형은 종이에 시를 한 수 적어 봉투에 담아 선비에게 주었어요.
　"내가 적어 준 이 시가 너를 항상 지켜 줄 거야. 이것을 가지고
떠나렴."
　형이 용기를 주니 선비는 마음이 한결 가벼워졌어요.
　"형님, 그럼 다녀오겠습니다."
　선비는 산을 넘고 물을 건너 걷고 또 걸었어요.

“아이고, 다리야. 좀 쉬어 가야겠구나.”

선비는 길가에 봇짐을 풀고 앉았어요.

그때 한 노인이 허연 수염을 날리며 다가왔어요. 노인은 털이 북슬북슬한 삽살개 한 마리를 데리고 있었지요.

“어디로 가는 길이시오?”

노인이 선비 곁에 앉으며 말을 붙였어요.

“네, 한양에 과거를 보러 갑니다.”

“그럼 저 앞 고개를 넘어가시겠구려. 혼자 가기에는 길이 험할 텐데…….”

노인의 말을 들은 선비는 빙긋 웃었어요.

“괜찮습니다. 저를 지켜 주는 것이 있거든요.”

선비는 형이 적어 준 시를 노인에게 자랑스레 보여 주었어요.

노인은 형이 쓴 시를 읽더니 감탄하며 말했어요.

“거참, 대단한 솜씨로군! 아주 훌륭한 시요.”

그리고 노인은 삽살개를 가리켰어요.

“혹시 그것을 이 개와 바꾸지 않겠소?”

“네?”

“자네 형이 쓴 이 시를 내가 데리고 온 삽살개와 바꾸자는 말이

오. 모두 다 잘될
것이오.”
   선비가 잠시 머뭇거
리는 사이, 노인은 형이
준 시를 가지고 허연 수염을
휘날리며 금세 사라지고 말았어요.
   “이를 어쩐다?”
   선비는 삽살개를 바라보았어요.
   삽살개도 꼬리를 흔들며 선비를 바라
보았지요.
   “그래, 같이 가자. 너라도 늘 내 곁을 지켜 주렴.”
   삽살개는 뭐가 그렇게 좋은지 신이 나서 선비의 손을 핥았어요.
선비와 삽살개는 다시 길을 떠났어요.
   그런데 고개를 마저 넘기도 전에 날이 어두워지고 말았어요. 선
비는 컴컴한 길을 헤매다가 작은 오두막 하나를 발견했지요.
   “실례합니다, 주인 계시오?”
   선비는 문 앞에서 공손히 물었어요. 하지만 아무 대답도 들리지
않았어요.

‘불빛이 새어 나오는 걸 보면 안에 누가 있는 모양인데…….’

선비는 다시 입을 열었어요.

“지나가는 길손이온데 하룻밤…….”

선비가 말을 마치기도 전에 갑자기 방문이 벌컥 열리면서 험상
궂게 생긴 한 사나이가 나와 소리쳤어요.

“누구야? 내 딸이 다 죽게 된 마당에!”

선비는 너무 놀라 아무 말도 하지 못했어요. 사나이는 허리춤에
아주 커다란 칼을 차고 있었거든요.

‘사……, 산적이다!’

“보아하니 과거를 보러 가는 선비로군. 책을 많이 읽었을 테니
아는 것도 많겠지?”

산적은 선비를 쏘아보며 말했어요.

"내 딸이 갑자기 앓아누웠어. 그런데 도대체 왜 그런지 이유를
알 수가 없거든? 네가 내 딸을 살려 주면 나도 너를 살려 주지. 그
렇지 않으면 널 이 칼로 당장 베어 버릴 테다!"

선비는 무서워서 오들오들 떨기만 했어요.

'내가 의원도 아닌데 무슨 수로 딸의 병을 고친담?'

"자, 어서 방에 들어와 봐!"

선비는 이제 죽었구나 하고 생각했어요. 눈앞이 캄캄해져 어렵
게 걸음을 떼는데, 삽살개가 따라오는 것이었어요.

"개는 왜 데리고 들어오는 것이냐?"

선비는 마지막 호기라도 부려 볼 참으로 느릿느릿 말했지요.

"이 삽살개는 언제나 내 곁에 있어야 하는 개요. 나 혼자서는 절
대로 안 들어갑니다."

산적도 하는 수 없었어요. 정말 지푸라기라도 잡고 싶은 심정이
었거든요.

방 안에는 어린 여자아이가 축 늘어진 채 누워 있었어요. 한눈
에도 몹시 아파 보였지요. 선비는 아이가 안쓰러웠어요. 하지만
어찌할 도리가 없었어요.

그때였어요. 갑자기 삽살개가 앞으로 나서며 짖기 시작했어요.

"컹, 컹, 컹!"

그러자 세상에! 아이에게서 백 년도 더 묵은 듯한 불여우가 툭 튀어나오는 게 아니겠어요?

산적은 얼른 칼을 빼내어 불여우를 단숨에 내리쳤어요.

"깽!"

불여우가 바닥에 쓰러지자 아이는 잠에서 깨어나듯 눈을 비비며 일어났어요.

"어이구, 살았네!"

산적은 너무 기뻐서 자기 딸을 안았다가, 선비를 안았다가, 삽살개를 안기도 했어요.

　산적은 정성을 다해 선비와 삽살개를 대접했어요. 다음 날, 선비는 산적의 보호를 받으며 고개를 무사히 넘었답니다.

　예부터 우리 조상들은 삽살개(천연기념물 제368호)가 귀신을 쫓는 개라고 믿었어요. '삽살개'라는 이름만 해도 없앤다는 뜻의 '삽' 자와 귀신이나 나쁜 운을 뜻하는 '살' 자가 합해져 만들어진 것이지요. 삽살개는 흔히 삽사리라고도 불러요.

　옛사람들은 삽살개 그림을 대문에 붙여 나쁜 기운이 집에 들어오지 못하게 했어요. 삽살개를 직접 키우는 집도 많았지요. 그래

서 옛글을 보면 삽살개는 동네에서 가장 흔한 개로 나온답니다.

삽살개는 원래 신라 시대 왕이나 그 가족이 키우던 개였어요. 신라의 김유신 장군도 전쟁터에 나설 때면 늘 삽살개를 데리고 갔다고 해요. 그러다가 신라가 멸망한 뒤부터는 누구나 키울 수 있는 개가 되었지요.

삽살개의 모습은 어찌 보면 좀 우스꽝스러워요. 큰 덩치에 덥수룩한 털이 눈까지 내려와서는, 혀를 쑥 내민 채 뛰노는 모습이 참 귀엽지요. 또 긴 털을 날리며 달리는 삽살개의 모습은 굉장히 당당하고 날쌔요. 그래서 삽살개는 사자 개, 신선 개라고도 불렸어요. 삽살개는 정이 많아 주인을 잘 따르고 나쁜 기운까지 막아 준다고 해 우리 조상들은 삽살개를 아주 좋아했답니다.

조선 시대 명재상인 황희는 눈빛이 날카롭고 강하기로 유명했어요. 눈에 힘을 주어 가만히 쳐다보면 웬만한 사람이나 동물들은 기가 꺾여 고개도 들 수 없었다고 하지요.

그런 황희가 어느 날 집에서 키우던 삽살개의 눈을 문득 들여다보았는데 그 눈빛이 예사롭지 않았어요.

"허허. 이 녀석의 눈빛이라면 나랑 한번 겨뤄 볼만 하겠구나."

황희는 장난삼아 삽살개와 눈싸움을 하기 시작했어요. 한참 동안 삽살개를 무섭게 바라보던 황희는 슬슬 눈이 아파 오기 시작했어요. 그런데 삽살개는 눈을 피하기는커녕 꿈쩍도 하지 않는 것이었어요. 오히려 주인이 자기를 왜 쳐다보는지 궁금해하는 표정이었지요.

"너는 내가 두렵지 않느냐?"

황희는 껄껄 웃었어요.

"내가 많이 늙은 모양이로구나."

삽살개는 꼬리만 살랑살랑 흔들었지요.

이렇게 우리 조상들의 사랑을 듬뿍 받던 삽살개는 80여 년 전만 해도 우리 주변에서 쉽게 볼 수 있었어요.

그런데 일제 강점기였던 1930년대에 삽살개는 우리 땅에서 거의 사라질 뻔했어요. 일본 사람들이 눈에 띄는 대로 삽살개를 잡아들였거든요. 삽살개의 북실북실한 털가죽으로 일본 군인들의 겨울옷을 만들기 위해서였어요.

그 뒤 우리 토종개 삽살개를 살리려는 사람들의 노력으로 삽살개는 다행히 멸종 위기에서 벗어났어요. 그리고 지금은 주로 경상북도 경산에 터를 잡고 살아가고 있답니다.

우리 민족과 함께 살아온 **토종개**

여러분은 개를 좋아하나요? 시추, 푸들, 몰티즈, 요크셔테리어 등등 여러 종류의 개 이름을 외우고 있는 친구들도 있을 거예요. 하지만 이 개들은 우리 토종개가 아니에요. 모두 외국에서 들여온 개들이지요. 그렇다면 우리 민족과 오랜 세월 함께 살아온 토종개에는 어떤 것들이 있을까요?

진돗개(천연기념물 제53호)는 우리나라를 대표하는 토종개랍니다. 아주 먼 곳에서도 제 주인을 찾아 돌아오는 진돗개의 이야기를 여러분도 이미 들어 보았을 거예요. 그만큼 진돗개는 충성심이 강하고 무척 영리해요.

삽살개(천연기념물 제368호)

진돗개(천연기념물 제53호)

　　풍산개는 북한의 천연기념물이에요. 산이 많은 함경남도 풍산군에 사는 개지요. 평소에는 온순하지만 사냥을 나서면 험한 산속을 날아다니듯 달려요. 발견한 사냥감은 결코 놓치는 법이 없고요. 힘도 무척 세서 풍산개 두 마리면 호랑이도 잡는다는 말까지 있어요.

　　제주도에는 제주 개가 있어요. 생김새가 진돗개와 비슷하지만 몸집이 조금 더 작아요. 또 진돗개의 꼬리는 힘차게 말려 올라가 있는 것에 비해, 제주 개의 꼬리는 바짝 세워져 있어요. 또 이마가 넓고 좁은 주둥이가 튀어나와 여우와 비슷하게 생겼어요. 제주 개는 혼자 꿩을 사냥할 수 있을 만큼 재빠르고 영리해요. 오소리를 잡을 땐 오소리의 굴속까지 따라 들어가기도 한답니다.

풍산개(북한 천연기념물)

제주 개

가족 사랑이 깊은 동물
수달

“낭아, 밭일 좀 도와라!”

“낭아, 장에 좀 다녀오너라.”

어머니가 아무리 급하게 심부름을 시켜도 게으름 피우기 좋아하는 낭은 일을 하기가 싫었어요. 그저 친구들하고 어울려 놀러만 다니고 싶었지요.

‘왜 이렇게 해야 할 일이 많담?’

낭은 어머니가 부르는 소리에 대답도 하지 않고 몰래 집을 빠져나왔어요.

‘날도 더운데 계곡물에 발 담그고 낮잠이나 자자.’

낭은 계곡 그늘에서 늘어지게 한숨 잤어요. 그리고 해 질 때가 다 되어서야 잠에서 깨어 났지요. 그런데 낭이 일어나 기지개를 켤 때였어요. 물속에서 얼굴을 내밀고 있던 수달 한 마리가 다시 물속으로 쏘옥 사라졌어요.

“오호! 수달이잖아?”

낭은 일어나서 쫓아가 보았지만 수달은 이미 사라진 뒤였어요.

"에잇, 언제쯤 저놈을 한번 잡아 볼까?"

수달은 꾀가 많고 영리해요. 더구나 물속에서는 아주 빨리 움직이기 때문에 사람은 잡기가 어렵지요.

"수달 고기는 어떤 맛일까? 너무 궁금하단 말이야."

낭은 입맛만 쩝쩝 다시고는 투덜거리며 집으로 돌아왔어요.

"어머니, 혹시 수달 고기 드셔 보신 적 있으세요?"

낭은 부엌에서 저녁상을 차리고 계신 어머니에게 물었어요.

"못 먹어 봤다. 배가 고파서 그러느냐? 조금만 기다리거라."

어머니가 차려 온 밥상에는 산나물 하나만 덩그러니 놓여 있었어요. 낭은 어머니에게 투정을 부렸어요.

"전 고기가 먹고 싶다고요! 좋아, 내일은 꼭 그 수달 녀석을 잡아야겠어."

게으름뱅이 낭은 밥도 먹지 않고 방문을 쿵 닫고 들어가 버렸어요. 어머니는 그런 아들을 보고 깊은 한숨을 내쉬었지요.

낭은 방에 드러누워 어떻게 하면 수달을 잡을 수 있을지 곰곰이 생각했어요.

'옳지! 올가미를 만들어 물가에 두어야겠다. 히히, 내가 수달보

다야 더 영리하지.’

날이 밝자마자 낭은 칡넝쿨로 줄을 꼬기 시작했어요.

“얘야, 뭐하고 있니?”

어머니는 낭이 일하는 모습이 너무나 오랜만이라 궁금한 눈빛
으로 바라보았어요.

“조금만 기다리세요. 어머니께 고기 맛 좀 보여 드릴게요.”

낭은 신이 나서 어머니에게 말했어요.

낭은 칡넝쿨을 꼬아 만든 올가미를 가지고 서둘러 계곡으로 달려갔어요.

'어제 수달이 나타났던 곳이 여기렷다?'

낭은 올가미를 물가에 내려놓고 나뭇잎으로 살짝 덮어 두었어요. 그리고 나무 뒤에 숨었지요.

하지만 아무리 기다려도 수달은 나타나지 않았어요.

'눈치를 챘나?'

날이 저물도록 수달은 코빼기도 보이지 않았지요.

'참! 수달은 밤에 돌아다니기 좋아하지? 내가 깜빡했군!'

낭은 하는 수 없이 집으로 돌아왔어요.

'내일 아침에 가 보면 올가미에 수달이 걸려 있겠지?'

하지만 아침에 다시 가 보아도 수달은 없었어요. 그렇게 여러 날이 지났어요.

낭은 화가 머리끝까지 날 지경이었어요. 그러던 어느 날, 드디어 수달 한 마리가 올가미에 걸려 축 늘어져 있는 걸 발견했어요. 수달은 올가미를 풀려고 발버둥을 치다 지친 모양이었어요. 낭은 신이 나서 잡은 수달을 들고 집으로 달려갔지요.

"어머니, 이리 나와 보세요! 제가 수달을 잡았어요!"

어머니는 낭이 잡아 온 수달
을 보더니 얼굴을 찌푸렸어요.
"애야, 이건 막 새끼를 낳은
어미 수달이구나. 배가 홀쭉하
고 영 마르지 않았니? 불쌍하니
어서 놓아주거라."
하지만 낭의 귀에는 어머니의 말씀
이 들리지 않았어요.
"어머니, 무슨 말씀이세요? 당장 잡아
먹을 거예요."
낭은 어머니가 더 말릴 틈도 없이 그만 수달을 죽이고 말았어
요. 그리고 살을 떼어 낸 다음 죽은 수달을 뒷동산에 버렸지요. 낭
은 아무렇지도 않은 듯 수달의 살을 구워 먹었어요.
어머니는 그런 낭을 보고 한숨을 쉬었어요.
'어미가 죽었으니 막 태어난 수달 새끼들은 어찌 살아갈꼬.'
다음 날 아침, 낭은 집 앞에 조그만 핏방울이 떨어져 있는 것을
보았어요.
'수달의 피인가? 내가 어제 분명 뒷동산에 버렸는데……'

　참 이상한 일이었어요. 수달을 버린

뒷동산에 다시 가 보니 아무것도 없었어요.

핏자국은 낭의 집 앞을 지나 산 쪽으로 이어져 있었

어요. 낭은 그 자국을 따라가 보았지요. 핏자국은 낭이

수달을 잡았던 물가의 한 작은 바위틈까지 이어졌어요.

낭은 그 안을 살펴보았어요.

　그런데 바위틈에는 갓 태어난 아기 수달 두 마리가 죽은 수달의

품에 안겨 있었어요. 낭은 소스라치게 놀랐어요.

　“어제 분명 죽였는데, 내가 죽였는데…….”

　낭은 그제야 자기가 얼마나 끔찍한 일을 저질렀는지 깨닫게 되

었어요.

　‘수달이 새끼가 걱정되어 이곳으로 돌아왔구나! 죽어서도 새끼

곁으로 돌아왔구나. 흑흑.’

　낭은 울음을 터뜨렸어요. 자기를 말리던 어머니의 얼굴이 떠올

랐지요. 그 일로 크게 깨우침을 얻은 낭은 나중에 이름 높은 스님

이 되었답니다.

　수달(천연기념물 제330호)은 가족 간의 사랑이 깊은 동물이에요. 엄마 수달이 새끼를 가지면 아빠 수달이 정성껏 먹이를 사냥해 오지요. 새끼들은 일 년 정도 자라 집을 떠날 때까지 엄마 수달의 정성스런 보살핌을 받아요. 그동안 수영하는 법도 배우고, 먹이를 잡는 법도 배우지요. 만약 이 즈음에 어미를 잃으면 새끼 수달은 혼자 살아갈 수 없어요. 사냥도 할 줄 모르는 데다 아직 어려서 다

른 짐승들에게 공격을 당하기도 하니까요.

수달은 물고기를 가장 잘 먹고 가재나 게, 개구리도 좋아해요. 볼록 튀어나온 뺨이 귀여운 수달은 소문난 장난꾸러기예요. 바위에서 미끄럼을 타다가 물로 첨벙 뛰어들거나, 물속에서 술래잡기를 하며 신 나게 놀기도 하지요.

또 수달은 뛰어난 수영 선수예요. 다리가 짧아 땅 위에서는 빨리 달릴 수 없지만, 물에서는 뒷다리와 꼬리를 움직여 솜씨 좋게 물살을 가른답니다. 잠수도 잘해요. 잠수를 할 때는 코와 귀가 저절로 닫혀서 물이 들어가지 않지요.

우리나라에 살고 있는 수달은 민물과 바다에서 모두 살 수 있는 종류예요. 하지만 바다에 사는 수달이라 해도 강이나 계곡 등 민물이 있는 곳에 찾아와 짠 바닷물을 씻어 내요. 몸을 씻어야 털이 보송보송해져서 추위를 타지 않거든요.

그러나 안타깝게도 수달은 점점 우리 곁에서 사라져 가고 있답니다. 왜 그럴까요? 사람들이 강가에 도로나 큰길을 만들면서 수달이 보금자리로 삼는 큰 나무뿌리나 바위를 모두 없앴기 때문이에요. 또 아름다운 털을 욕심내 수달을 마구 잡아들이기도 했지요.

하지만 수달이 사라지는 가장 큰 이유는 무엇보다 물이 더러워
져서예요. 수달은 물이 오염되는 것을 가장 먼저 알아차리지요.

지금 우리나라에 수달이 얼마나 살아 있는지는 정확하지 않아
요. 다만 300~400마리쯤 되지 않을까 짐작만 할 뿐이지요.

만일 여러분이 산 좋고 물 맑은 곳에 간다면 주위를 찬찬히 살펴
보세요. 혹시 귀여운 수달이 앙증맞은 수염을 실룩이며 물장난을
치고 있을지도 모르니까요.

하나둘씩 사라져 가는 야생동물

우리나라는 삼면이 바다이고 섬이 많아요. 또 우리 땅의 동쪽과 북쪽에는 험한 산도 많지요. 계절도 봄, 여름, 가을, 겨울로 뚜렷하게 나뉘어져 있어 야생동물들이 살아가기에 아주 좋은 환경이에요. 그래서 오래전부터 다양한 동물들이 살 수 있었지요. 하지만 지금 우리 땅에서 야생동물이 하나둘씩 사라지고 있대요!

호랑이나 꽃사슴은 우리나라에서 이미 사라졌어요. 천연기념물로 정해 보호하는 하늘다람쥐(천연기념물 제328호)나 반달가슴곰(천연기념물 제329호)도 이제는 거의 볼 수 없는 동물이 되고 말았어요.

몇백 년, 몇천 년 동안 우리 땅에서 살아온 동물들이 왜 사라질까요? 바로

하늘다람쥐(천연기념물 제328호)

반달가슴곰(천연기념물 제329호)

우리 사람들 때문이에요. 사람들은 동물들이 살아갈 터전을 남겨 놓지 않은 채, 자연을 개발하고 바꾸어 놓았거든요.

　동물을 함부로 잡거나 죽이는 일도 많아요. 산양(천연기념물 제217호)은 건강에 좋은 약을 얻으려는 사람들에게 많이 희생되었어요.

　사향노루(천연기념물 제216호)도 마찬가지예요. 사향을 얻으려는 사람들의 욕심 때문에 전 세계적으로 멸종 위기에 놓여 있지요. 수컷 사향노루의 배꼽 아래에 달린 작은 사향 주머니를 말려 고급 향수의 원료로 썼거든요. 다행히 지금은 사향을 사고파는 일이 법으로 금지되었어요. 겁 많은 사향노루가 지금이라도 안심하고 숲 속에서 쉬었으면 좋겠어요.

사향노루(천연기념물 제216호)

산양(천연기념물 제217호)

수달(천연기념물 제330호)

단종이 구해 준 물고기
열목어

조선의 제6대 임금이었던 단종은 열 살
이 갓 넘은 어린 나이에 임금 자리에 올라야
했어요.
　나랏일을 돌보기에 너무 어렸던 단종은
여러 신하와 친척들 사이에서 지내는 것이
무척 어렵고 힘들었지요. 결국 단종은 삼
촌에게 임금 자리를 빼앗기고 귀양살이
를 하게 되었어요. 단종의 삼촌은 바로
세조였어요.
　단종은 강원도 영월의 외진 오두막에서 살게 되었어요.
　"내가 평범한 백성으로 태어났다면 이렇게 억울한 일을 겪지는
않았을 텐데……. 집으로 가고 싶어."
　단종은 매일 흐르는 강물을 바라보며 아픔을 달래곤 했답니다.
하지만 단종의 슬픔은 여기에서 그치지 않았어요.
　'혹시 조카가 옛 신하들과 힘을 합쳐 날 해치면 어쩌지?'

　이런 두려움을 느낀 세조는 신하들을 불러 단종을 죽이라고 명령했어요. 그리하여 단종은 어린 나이에 목숨을 잃고 말았어요. 억울하게 죽은 단종은 자신이 지내던 강가를 떠나지 못하고 혼령이 되어 떠돌았어요.

　단종의 혼령이 강가에 앉아 슬픔에 잠겨 있을 때였어요. 어여쁜 물고기 떼가 단종에게로 다가왔어요.

　"임금님, 임금님이 슬퍼하시니 저희도 몹시 슬프답니다."

　물고기들은 눈물을 뚝뚝 흘렸어요. 눈이 붉게 물들 때까지 말이에요.

　"그래. 내 마음을 알아주는 것은 너희뿐이구나."

　"그렇지 않아요. 산속의 온갖 풀과 나무들, 산짐승, 날짐승, 하물며 묵묵히 제자리를 지키는 바위들까지도 모두 슬퍼하고 있지요. 임금님, 이제 사람들 세상은 잊으세요. 그리고 저희를 지키고 다스려 주세요."

　마음이 따뜻해진 단종은 물고기 떼의 말을 따라 태백산의 산신
령이 되었답니다. 그리고 태백산 깊은 곳에서 그곳 식구들을 정
성껏 보살피며 평화롭게 지냈지요.
　그러던 어느 날, 태백산 산신령은 계곡을 지나다가 물고기 한
마리를 보았어요. 물고기는 어디를 다쳤는지 헤엄을 잘 치지 못
했어요.
　"너는 지난번에 만났던 그 물고기가 아니냐? 그런데 어디를 많
이 다친 모양이구나."
　상처를 크게 입은 물고기는 곧 죽을
것처럼 보였어요.

태백산 산신령은 몸을 일으켜 잣나무 가지에 엉긴 송진을 떼어 내 물고기가 다친 곳에 발라 주었지요. 그러자 물고기는 놀랍게도 금세 기운을 차리고는 펄떡거렸어요.

"고맙습니다! 고맙습니다, 산신령님!"

물고기는 맑은 물을 가르며 헤엄쳐 갔어요. 태백산 산신령은 흐뭇한 표정으로 그 물고기를 오랫동안 바라보았어요. 사람으로 살던 때의 온갖 슬픔과 서러움을 다 잊은 얼굴이었지요.

태백산 산신령이 살려 준 이 물고기는 바로 열목어였답니다.

그런데 단종은 정말로 태백산 산신령이 되었을까요? 그건 알 수 없어요. 옛사람들이 단종의 죽음을 안타깝게 여겨 만들어 낸 이야기일지도 모르지요.

열목어는 연어과의 물고기예요. 연어과의 물고기는 보통 때는 바다에 살다가 알을 낳을 때가 되면 강으로 거슬러 올라오지요. 하지만 열목어는 그렇지 않아요. 바다로 나가지 않고 평생을 민물에서만 살아요.

열목어. 이름이 참 별나지요?

열목어의 한자 뜻을 풀이해 보면 눈에 열이 있다는 뜻이에요. 사람들은 열목어의 눈가가 붉은색인 것이 눈가가 뜨거워서 그런

거라고 생각했던 것 같아요. 그래서 열을 식히려고 차가운 물을 좋아하는 거라고도 하고요. 하지만 이 이야기는 모두 입에서 입으로 전해 오는 것으로 실제로 열목어는 눈가가 그리 붉지 않답니다.

열목어는 몸길이가 길어요. 보통은 30센티미터가 넘는데, 어떤 열목어는 1미터까지 자란다고 해요. 옆으로 조금 납작한 생김새는 같은 연어과의 물고기인 무지개송어나 산천어보다 더 날렵해요. 은색의 몸통에는 검붉은 점들이 콕콕 찍혀 있지요.

열목어는 알을 낳을 때쯤 되면 온몸이 붉어져요. 지느러미도 아름다운 무지갯빛이 되고요. 봄이 오면 열목어는 깊지 않은 물속 자갈이 깔린 곳에 알을 낳아요. 어미 열목어가 낳은 알은 하나씩 떨어져 자갈 틈에 자리를 잡지요. 한 달 정도 지나면 알을 깨고 새끼 열목어들이 나와요. 새끼 열목어의 몸에는 짙은 가로줄 무늬가 여러 개 나 있어요.

열목어는 차가운 계곡물을 좋아해요. 수백만 년 전 온 세상이 추위에 휩싸였던 빙하기에는 어디서나 열목어를 흔히 볼 수 있었을 거예요. 하지만 빙하기가 끝나고 다시 날씨가 따뜻해지면서 열목어가 살 수 있는 차가운 물은 깊은 산속 계곡에만 남게 되었지요.

열목어는 아주 깨끗한 물을 좋아해요. 열목어가 사는 곳이라면 '아, 이곳은 굉장히 깨끗한 곳이구나!' 하고 믿어도 된답니다.

물은 깨끗한 정도를 등급으로 매기는데 1급수, 2급수, 3급수 등으로 나타내요. 이것을 쉽게 알아보는 방법이 있어요.

먼저 3급수에는 붕어나 미꾸라지, 뱀장어, 메기가 살아요. 물의 빛깔은 황갈색으로 흐리고 탁하지요.

2급수는 물에서 냄새가 나지 않고, 바닥에 깔린 자갈이나 모래가 보여요. 피라미와 갈겨니가 살지요.

가장 깨끗한 1급수에는 버들치나 금강모치, 열목어가 살아요. 바닥에는 자갈이 깔려 있고, 하루살이 종류의 애벌레가 많아 물고

기가 먹이를 구하기 좋지요.

옛날에 열목어는 강원도와 경상북도, 충청북도 등에서 쉽게 볼 수 있었어요. 하지만 요즘은 열목어가 사는 곳이 드물어요. 그만큼 우리 땅에 깨끗한 물이 많이 남아 있지 않다는 뜻이지요.

사실 열목어가 계곡에서만 살았던 것은 아니에요. 가을이 되어 서늘해지면 물이 많은 강 아래쪽으로도 내려가 살았지요. 하지만 강이 더러워지면서 이제 열목어는 계곡에만 갇혀 사는 불쌍한 신세가 되었어요.

그런데 열목어의 시련은 여기서 끝나지 않았어요. 사람들이 열목어를 마구 잡아들였거든요. 그래서 지금 열목어는 아주 귀한 물고기가 되었답니다.

　강원도 정선군의 정암사 계곡(천연기념물 제73호)과 경상북도 봉화군 석포면(천연기념물 제74호)에는 열목어 천연보호구역이 있어요. 이곳은 지구상에서 열목어가 사는 곳 중 가장 남쪽이어서 세계적으로 주목 받는 곳이기도 하지요.

　강원도 정선군의 정암사는 깊은 산속에 있는 아름답고 조용한 절로, 유명한 것이 세 가지나 있어요. 우선 석가모니의 진신사리가 모셔져 있어요. 또 수마노라는 보석으로 만든 수마노 탑이 있어요. 그리고 또 한 가지, 정암사의 자랑거리가 바로 열목어랍니다. 붉은 단풍 아래 맑은 물속을 자유롭게 헤엄치는 열목어의 모습은 마치 한 폭의 그림처럼 아름다워요.

　정암사에서는 절의 연못에 새끼 열목어들을 따로 모아 키워요. 그렇게 잘 보호해서 어른 열목어가 되면 계곡에 풀어 주지요.

　경상북도 봉화군 석포면의 열목어 서식지는 한때 위기를 맞기도 했어요. 이곳에 광산을 개발하면서 물이 더러워져 열목어가 사라질 뻔한 거지요. 하지만 열목어를 아끼는 사람들의 노력으로 다시 옛 모습을 되찾을 수 있었어요.

　열목어가 사는 곳은 주위에 숲이 울창해야 해요. 왜냐하면 숲이

있어야 물에 나무 그림자가 드리워져서 뜨거운 햇빛에 물이 데워
지는 것을 막을 수 있거든요.

멸종 위기에 처한 열목어를 다시 만나기 위해 사람들은 물을 깨
끗하게 하고, 나무도 많이 심어 가꾸었어요. 그래서 지금은 열목
어가 다시 평화롭게 살아가고 있어요. 참 다행이지요?

이렇게 우리가 자연의 소중함을 알고 노력하면 자연은 언제까지
나 그 아름다움과 신비를 간직한 채 우리 곁에 남아 있을 거예요.

우리나라에만 있는 토종 물고기

열목어는 우리나라를 비롯해 시베리아, 유럽, 북아메리카 지역에 고루 살고 있어요. 하지만 세계 어느 곳에도 없고 우리나라에만 사는 물고기도 아주 많답니다. 40여 가지가 넘는 우리 토종 물고기를 함께 만나 볼까요?

금강모치는 몸집이 10센티미터 안팎으로 아주 작아요. 금강산 계곡에서 처음 발견되어 금강모치라고 이름 지어졌지요. 날씬한 몸을 자랑하는 금강모치는 알을 낳을 즈음이면 줄무늬가 짙은 황금빛이 되어 더욱 아름다워지지요.

쉬리도 예쁜 모양새로 치면 금강모치에 조금도 뒤지지 않아요. 몸의 빛깔이 아름다워 '여울각시'라는 별명도 있답니다. 혼자 다니는 것보다 무리 지어 다

열목어

금강모치

쉬리

니는 것을 좋아해요.

얼룩동사리는 마치 군인들의 옷처럼 얼룩덜룩한 무늬를 가진 물고기예요. 사냥을 잘하기로 유명한데, 낮에는 자고 밤이 되면 슬금슬금 먹이를 찾아 나서지요. 물가의 곤충이나 새우, 다른 물고기가 보이면 호시탐탐 기회를 노리다가 한순간 번개처럼 달려들어 먹이를 낚아채요. 알을 낳을 즈음 꾸꾸꾸 하고 소리를 내기 때문에 '꾸구리'라고 불리기도 해요.

어름치(천연기념물 제259호)는 자갈로 탑을 쌓은 뒤에 그곳에 알을 낳아요. 얼음 밑에서도 잘 산다고 어름치라고 이름 붙여졌대요. 어름치는 50센티미터가 넘게 자라기도 하는 큰 물고기예요.

이 밖에도 토종 물고기로는 산천어, 각시붕어, 꺽지, 서호납줄갱이, 미호종개, 묵납자루, 눈동자개, 새코미꾸리, 감돌고기 등이 있답니다.

서호납줄갱이

얼룩동사리

산천어

어름치

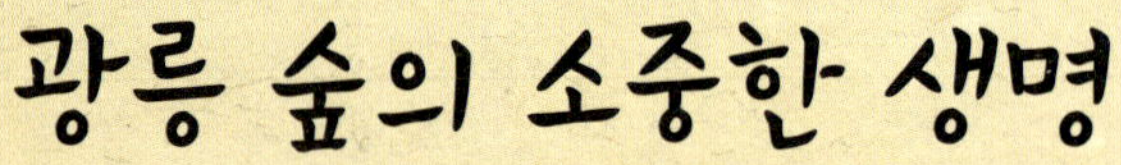

장수하늘소

장수하늘소님! 저는 연우라고 해요.

전 처음에 장수하늘소(천연기념물 제218호)님이 오래 살아서 장수하늘소라고 불리는 줄 알았어요. 장수라는 말이 오래 산다는 뜻이잖아요. 그래서 할아버지 곤충인가 보다 했지요. 그런데 조금 전에 책을 찾아보니, 그런 뜻의 장수가 아니었어요. 힘이 세다는 뜻의 장수였지 뭐예요.

책을 보니 장수하늘소님이 큰턱을 앞세우면 다른 곤충들이 다들 꼼짝을 못한다고 나와 있어요. 정말 대단해요!

저는 지금도 오늘 낮에 있었던 일을 생각하면 자꾸 웃음이 나온답니다. 낮에 가족 모두 마을 뒷산 숲으로 나들이를 갔거든요.

저는 향기로운 나무 냄새를 실컷 맡고, 냇가에서 개구리도 보았어요. 울창한 나무 아래 시원한 그늘에 앉아 쉬기도 했고요. 우리 가족은 모두 즐거웠어요. 그런데 동생 연규가 저를 보며 갑자기 소리를 치기 시작한 거예요.

"누나, 누나! 등에 벌레 붙었다!"

“악!”

장수하늘소님, 저는 벌레라면 그 흔한 파리도 무서워요. 모기, 바퀴, 벌……. 생각만 해도 징그럽고 무서운데 벌레가 제 등에 붙었다잖아요.

“와! 무지 크다!”

“빨리 털어 줘! 연규야, 얼른 쫓아내 줘!”

전 금방이라도 울음이 터질 것만 같았어요.

“누나, 그런데 이거 장수하늘소 아니야?”

놀란 마음에도 그 이름을 들으니 저는 귀가 번쩍 뜨였지요.

“그럼 굉장히 귀한 곤충 아니니? 정말 장수하늘소 맞아?”

우리가 야단법석을 부리자 어머니와 아버지도 궁금하셨던지 가까이 오셨어요.

“정말 그러네. 3~4센티미터는 족히 될 것 같아.”

어머니는 제 등에 붙은 곤충을 가만히 들여다보셨어요.

“아무튼 얼른 잡아 봐.”

사실은 저도 빨리 보고 싶어서 연규를 재촉했지요. 연규는 조심스레 그 곤충을 잡았어요.

장수하늘소님, 그건 정말 큰 곤충이었어요.

"우리 정말 운 좋다! 장수하늘소는 천연기념물이잖아."

"맞아! 잘하면 뉴스에도 나오겠다. 연우네 가족이 귀하디귀한 장수하늘소를 발견했습니다!"

연규의 손바닥에 놓인 커다란 곤충을 보며 아버지도 좀 흥분해 말씀하셨어요.

그때였어요. 우리 가족 옆을 지나가던 할아버지 한 분이 다가오셨어요.

"장수하늘소라고?"

할아버지는 곤충을 보고 껄껄 웃으셨어요.

"여기 이 큰턱을 좀 봐요. 이게 무슨 장수하늘소겠소?"

그리고 보니 곤충의 큰턱은 커다란 집게 모양의 뿔 같았어요.

"그럼 무슨 곤충이지요?"

아버지의 얼굴이 금세 발그레해졌어요. 아마 좀 부끄러우셨던 모양이에요.

"이건 사슴벌레요. 턱이 꼭 사슴뿔처럼 생겼잖소."

"아……."

우리 가족은 모두 창피해서 얼굴이 홍시처럼 달아올랐어요.

"하긴 장수하늘소가 이렇게 흔할 리가 없지요. 우리가 너무 호

들갑을 떨었나 봐요, 호호호.”

어머니도 웃으셨어요.

“장수하늘소는 사슴벌레보다 더 커요. 15센티미터까지 자라는 녀석도 있으니까.”

연규는 두 눈이 동그래졌어요.

“그럼 할아버지는 장수하늘소를 본 적 있으세요?”

“암, 보다마다. 어렸을 땐 매일 함께 놀았는걸.”

저는 할아버지께서 허풍을 부리시는 게 아닌가 싶었어요.

"에이, 할아버지. 그렇게 흔한 게 무슨 천연기념물이겠어요?"

할아버지는 너털웃음을 지으셨어요.

"허허. 다 귀해져서 천연기념물이지, 옛날부터 그랬겠니?"

할아버지는 연규를 타이르듯 말씀하셨어요.

"사슴벌레도 요즘은 흔치 않은 곤충이란다. 자, 이제 그만 놓아 주지 않겠니?"

연규는 좀 아쉬웠지만 사슴벌레를 놓아주었어요.

사슴벌레는 놀란 듯 느릿느릿 나뭇가지 위로 올라갔어요. 하긴 저보다 사슴벌레가 더 놀랐을 거예요. 사슴벌레가 보면 제가 얼마나 큰 괴물 같겠어요?

"할아버지, 시원한 물 한 잔 드시겠어요?"

어머니가 가방에서 물통을 꺼내며 할아버지께 여쭈었어요.

"네, 고마워요."

그런데 저는 할아버지가 조금 전에 하신 말씀이 정말인지 너무나 궁금했어요.

"할아버지, 정말 장수하늘소랑 놀기도 하셨어요?"

"암, 내가 어릴 때 살던 곳이 광릉 숲 근처였어. 여름에는 길을

가다가도 장수하늘소가 눈에 띄곤 했단다."

연규는 고개를 갸우뚱했어요.

"그럼, 그 많던 장수하늘소가 지금은 다 어디로 간 거예요?"

"장수하늘소는 커다란 서어나무, 물푸레나무, 신갈나무가 있는 숲에서 산단다. 장수하늘소는 그 나무들의 수액을 빨아 먹고 살지. 또 거기에 알을 낳기도 해. 그런데 사람들이 나무를 마구 베어 내 숲이 점점 망가지기 시작했어. 그러니 장수하늘소도 더는 살 수 없게 되었단다. 게다가 곤충을 채집하는 사람들까지 몰려와 장수하늘소를 잡아갔지."

"아, 맞아요. 광릉 숲을 가로지르는 찻길이 나면서 환경이 더욱 엉망이 되었다지요? 나무가 잘려 나가고, 차들이 매연을 뿜으며 다니니 무엇인들 무사하겠어요? 자연의 보물 창고인 광릉 숲만큼은 특별히 보호해야 하는데 말이에요."

아버지도 말씀하셨어요.

"허허허, 그러게나 말이오. 또 건물이 많
아진 것도 문제지요. 밤에도 불빛이 환하
게 비치니 장수하늘소처럼 밤에 활동하는
곤충에게는 큰 위험이지요. 곤충들이 불빛
을 따라 무작정 뛰어드니 말이에요. 지금
광릉 숲에 장수하늘소가 한 마리라도 남
아 있긴 한 건지……."

장수하늘소님, 이렇게 말씀하시던 할아
버지의 눈빛이 조금 슬퍼 보였답니다.

"벌레 한 마리도 그냥 쉽게 태어나는 것이
아니란다. 장수하늘소가 알을 여러 개 낳기는
하지만 대부분 새들에게 먹히고 말거든. 무사히
알을 깨고 나온 애벌레는 나무껍질 속으로 파고
들어 다시 몇 년의 세월을 보낸단다. 다 크면 나무

껍질을 뚫고 바깥으로 기어 나와야 하는데, 그게 또 쉬운 일이 아니야."

"왜요?"

"바깥으로 방향을 잘 잡아 나오면 좋은데, 잘못해서 나무속으로 더 깊이 들어가는 녀석들도 있거든."

할아버지의 말씀을 듣던 어머니가 아쉬운 표정을 지으셨어요.

"어느 생명인들 소중하지 않은 게 있겠어요. 그렇게 힘들게 태어나도 제대로 살아갈 수 없는 처지라니……."

　할아버지의 말씀을 들으면서 우리 가족은 장수하늘소님을 사라지게 만든 사람들 때문에 마음이 무거웠어요.

"고맙게 잘 마셨어요."

　할아버지께서는 어머니에게 물 잔을 건네셨어요. 그리고 저와 연규를 바라보며 환하게 웃으셨지요.

"너무 걱정하지는 마라. 요즘은 많은 사람들이 환경을 보호하려고 노력하잖니. 사람과 자연이 함께 사는 방법을 분명 찾아낼 게다. 만일 어른들이 못하더라도 너희는 꼭 해낼 것 같구나."

　그래서 말인데요, 장수하늘소님! 지금부터 제 말을 잘 들어주세요. 어디선가 불빛이 어른거리더라도 마음을 다잡고 꾹 참아 주세요. 또 누군가 장수하늘소님을 잡으려고 손을 내밀면 꽉 깨물어 버리세요.

　어머니와 아버지, 연규와 저는 숲과 장수하늘소님이 참 소중하다는 것을 알고 있어요. 이제 더 많은 사람들이 그걸 알게 될 거예요. 그때까지 장수하늘소님을 만나 보고 싶은 마음을 꾹꾹 참을게요. 그럼 그때까지 안녕히 계세요.

　장수하늘소님의 친구 연우가.

천연기념물이 된 소중한 우리 곤충

장수하늘소를 비롯해 천연기념물로 정해진 곤충은 모두 5종류가 있어요. 우리나라에만 사는 고유하고 희귀한 곤충이거나 멸종 위기 곤충, 우리 민족과 깊은 관련이 있는 곤충이 천연기념물로 정해지지요. 이 곤충의 서식지 또한 생태적 가치가 있어 함께 천연기념물로 지정되었어요. 이제 곤충들을 만나 볼까요?

반딧불이(천연기념물 제322호)는 몸에서 빛을 내는 재미있는 곤충이에요. 여름철 밤하늘에 반짝반짝 빛을 내며 돌아다니는 반딧불이를 보고 사람들은 도깨비라고 착각해 놀라기도 했대요. 하지만 이제는 환경이 오염되어 만나기가

반딧불이(천연기념물 제322호)

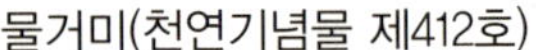

물거미(천연기념물 제412호)

어려워졌어요. 지금은 전라북도 무주군 설천면 남대천이 대표적인 서식지로 반딧불이와 함께 천연기념물로 지정되어 있어요.

물거미(천연기념물 제412호)는 전 세계에 오직 1종만 있는 귀한 곤충으로 평생 물속에서 살아요. 물속의 돌이나 물풀에 공기주머니를 붙여 놓고 집으로 삼지요. 우리나라에 물거미가 사는 곳은 경기도 연천 은대리 단 한 곳뿐이에요.

산굴뚝나비(천연기념물 제458호)는 제주도 한라산 해발 1,300미터 이상 되는 아주 높은 곳에 살아요. 오랜 옛날 한반도 육지와 제주도가 붙어 있었을 때에는 한반도 전체에 살았는데, 제주도가 육지와 떨어져 섬이 되면서 이곳에만 남게 되었어요. 지구의 오랜 역사를 알려 주는 살아 있는 화석으로 불리지요.

비단벌레(천연기념물 제496호)는 주로 팽나무에 살아요. 그런데 환경이 오염되어 팽나무가 사라지면서 비단벌레 역시 멸종 위기에 놓였어요. 반짝거리는 비단벌레는 우리나라에서 가장 아름다운 곤충으로 꼽히지요.

이 밖에도 두점박이사슴벌레, 붉은점모시나비, 주홍길앞잡이 등의 곤충이 멸종 위기에 놓여 있어 앞으로 천연기념물로 지정될 가능성이 있다고 해요.

산굴뚝나비(천연기념물 제458호)

비단벌레(천연기념물 제496호)

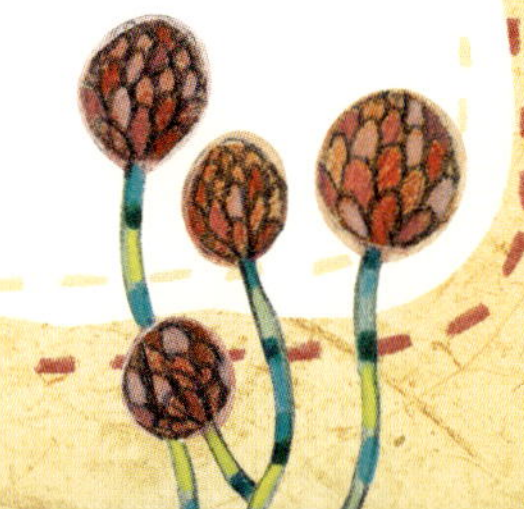

한라산 천연보호구역

아주 오랜 옛날, 중국에 한 임금이 있었어요. 임금은 항상 어떻게 하면 죽지 않고 영원히 살 수 있을까 궁리했답니다.

"아무리 땅이 넓고, 금은보화가 많아도 내일 당장 내가 죽는다면 무슨 소용이란 말인가?"

임금은 그런 걱정을 하느라 도리어 병이 날 지경이었어요. 신하들은 몸에 좋다는 약과 음식들을 잔뜩 구해 와 임금에게 바쳤어요.

"이런 것은 다 소용없다! 불로초를 구해 오너라, 늙지 않게 해 주는 불로초 말이다!"

불로초는 먹으면 늙지도 않고, 죽지도 않는다는 전설 속에 나오는 식물이었지요.

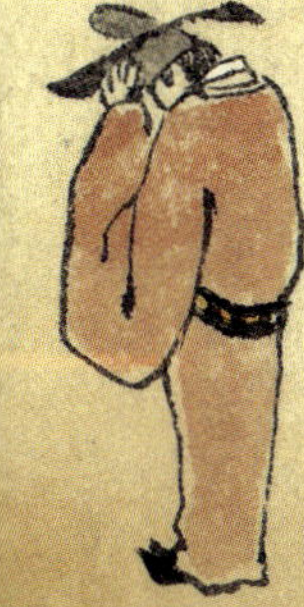

"전하, 세상에 불로초가 어디 있겠습니까……."

신하들은 모두 쩔쩔맸어요. 그런데 자신 있게 나서는
사람이 하나 있었어요.

"전하, 제가 불로초를 구해 오겠습니다."

"음, 옳지! 서복이로구나."

서복은 임금이 가장 아끼는 신하였어요.

"동쪽 나라에는 산신령이 사는 세 개의 산이 있습니다. 산신령
은 분명 불로초를 얻는 방법을 알고 있을 것입니다."

서복은 임금의 배웅을 받으며 길을 떠났어요. 임금은 나라에서

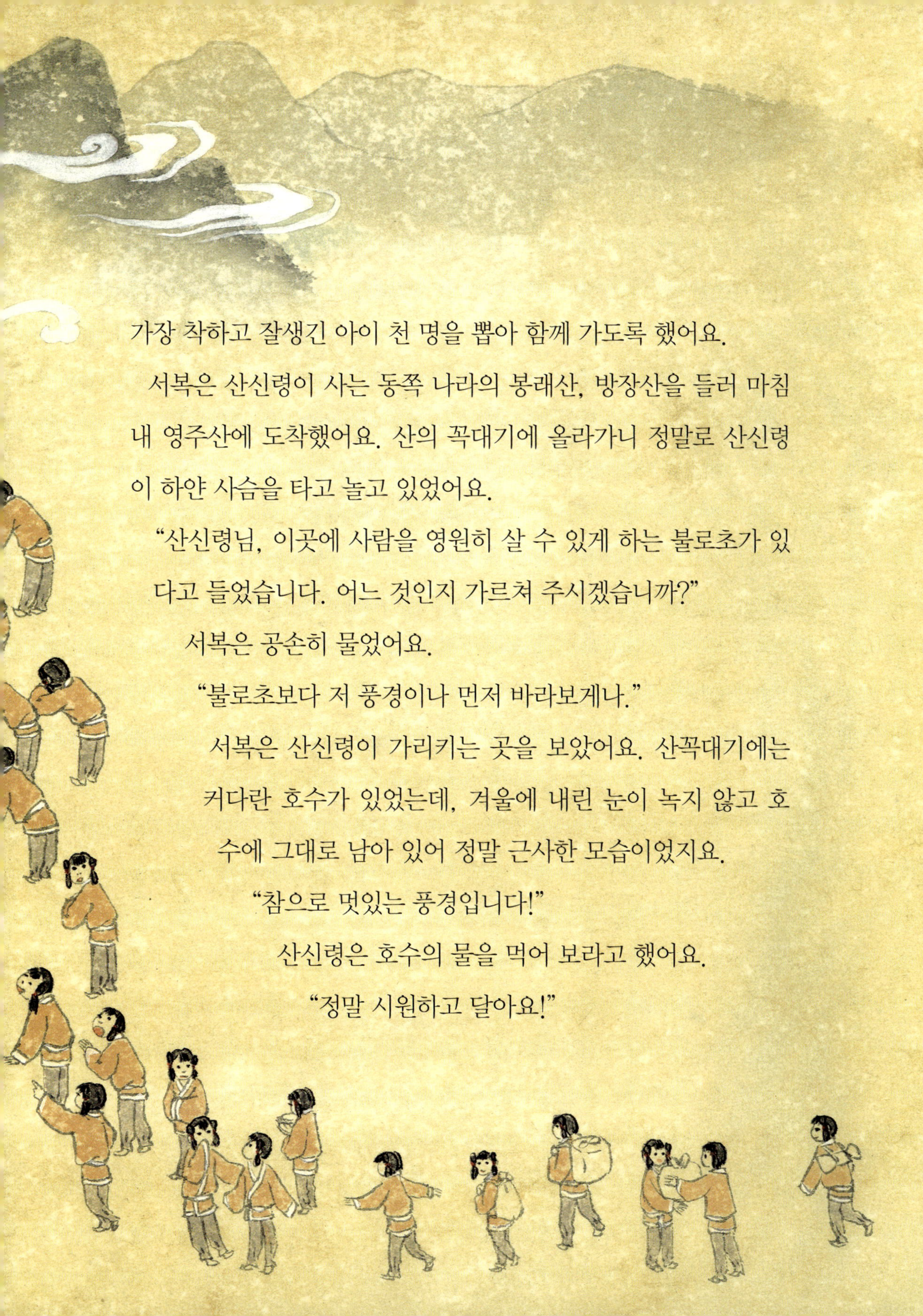

가장 착하고 잘생긴 아이 천 명을 뽑아 함께 가도록 했어요.

서복은 산신령이 사는 동쪽 나라의 봉래산, 방장산을 들러 마침내 영주산에 도착했어요. 산의 꼭대기에 올라가니 정말로 산신령이 하얀 사슴을 타고 놀고 있었어요.

"산신령님, 이곳에 사람을 영원히 살 수 있게 하는 불로초가 있다고 들었습니다. 어느 것인지 가르쳐 주시겠습니까?"

서복은 공손히 물었어요.

"불로초보다 저 풍경이나 먼저 바라보게나."

서복은 산신령이 가리키는 곳을 보았어요. 산꼭대기에는 커다란 호수가 있었는데, 겨울에 내린 눈이 녹지 않고 호수에 그대로 남아 있어 정말 근사한 모습이었지요.

"참으로 멋있는 풍경입니다!"

산신령은 호수의 물을 먹어 보라고 했어요.

"정말 시원하고 달아요!"

산신령은 껄껄 웃었어요.

"저기 키 작은 나무에 열린 검은 열매도 먹어 보게나. 그 맛을 결코 잊지 못할 것이네."

산신령은 그렇게 말하고는 곧 사라졌어요.

서복은 그 키 작은 나무를 찾아 천 명의 아이들과 함께 열매를 따기 시작했어요.

"불로초! 바로 이것이로구나!"

서복이 얻은 불로초는 바로 시로미 열매였어요. 시로미가 있던

영주산은 한라산의 옛 이름이에요.

그럼 중국의 임금은 서복이 가져간 시로미 열매를 먹고 영원히 살았을까요? 그렇지는 않았을 거예요. 하지만 시로미 열매가 몸에 좋은 것은 사실이랍니다.

서복의 전설이 깃든 제주도 한라산은 그 전설만큼이나 신비로운 거대한 자연의 식물원이에요. 우리나라에는 모두 4,000여 종류의 식물이 사는데, 그중 1,800여 종류가 이곳에 살아요. 우리나라 전체 식물 종류의 절반이 살고 있으니 정말 어마어마하지요? 그래

서 한라산 전체가 천연보호구역(천연기념물 제182호)으로 보호받고 있답니다.

한라산에는 식물의 가짓수만 많은 게 아니에요. 높이가 해발 1,950미터인 한라산은 우리나라에서 두 번째로 높은 산이에요. 그래서 한라산을 오르다 보면 더운 곳에 사는 식물부터 추운 곳에 사는 식물까지 다양하게 만날 수 있어요.

특히 한라산의 귀한 보물은 고산식물이에요. 고산식물은 아주 높은 산에 자라는 나무나 풀을 말하지요. 구상나무, 시로미, 돌매

화나무, 한라장구채, 섬바위장대 등과 같은 것들이에요.

그런데 지금 한라산에는 이런 고산식물의 수가 점점 줄어들고 있대요. 산을 오르는 사람들이 나뭇가지를 꺾거나, 열매를 마구 따 나무를 많이 해쳤기 때문이에요.

그런데 더 큰일이 있어요. 바로 지구 온난화예요. 지구 온난화는 공기가 오염되고 환경이 더러워지면서 지구의 온도가 서서히 올라가는 현상을 말해요. 지구가 이렇게 자꾸 더워지면 춥거나 서늘한 곳에서 살아가던 식물이 더는 살 곳이 없어요.

그러니 이대로 가다가는 고산식물들이 금방 사라질지도 몰라요. 추운 곳을 찾아 산꼭대기까지 올라온 식물들이 그때는 어디로 가야 할까요?

한라산 천연보호구역은 많은 생물들이 살아가는 소중한 터전이기도 해요. 한라산 주변에는 360개의 작은 화산인 오름이 있어요. 한라산과 오름은 모두 화산이라서 바위나 땅의 성질이 다른 곳과는 많이 다르지요. 그래서 특이한 식물이 많이 자라요.

식물뿐만 아니라 동물도 다양해요. 곤충과 새, 여러 짐승들이 이곳에 살지요. 특히 한라산에서 큰노루나 삵, 무당개구리는 점점 더 수가 줄어들고 있어 보호해야 할 동물이 되었어요.

한라산 천연보호구역은 단순히 한라산만 뜻하는 것은 아니에요. 특별한 식물들이 자라는 제주도의 몇몇 곳들도 이 구역에 속해요.

제주도 평대리에 있는 비자나무 숲(천연기념물 제374호)은 옛날 옛적 원시림의 모습이 잘 간직된 곳이에요. 비자나무는 결이 단단하고 윤기가 나서 바둑판을 만들 때 곧잘 쓰였어요. 이런 비자나무가 빼곡히 들어선 이 숲은 워낙 울창해서 숨만 한번 크게 들이쉬어도 금방 건강해지는 느낌이 든답니다.

근처 토끼섬(천연기념물 제19호)에는 문주란이 자라요. 토끼섬은 바위로 둘러싸인 작은 섬인데, 여름이 되면 문주란이 짙은 향기가 나는 하얀 꽃을 아름답게 피운답니다.

산방산 절벽의 식물(천연기념물 제376호)도 우리가 보호해야 할 귀중한 생명이에요. 이곳에는 구실밤나무, 참식나무, 후박나무, 생달나무, 육박나무, 돈나무, 가마귀쪽나무 등 바닷가 나무들과 지네발란, 풍란, 석곡, 섬회양목 등 절벽에 붙어사는 식물들이 사이좋게 어우러져 있어요.

서귀포 앞 삼도에는 파초일엽(천연기념물 제18호)이 자라고 있어요. 파초일엽은 고사리 종류의 식물이지요.

이 밖에도 천제연 폭포와 주변 숲(천연기념물 제378호), 천지연 폭포 주변의 울창한 숲(천연기념물 제379호)과 아름다운 안덕 계곡의 숲(천연기념물 제377호)도 모두 한라산 천연보호구역의 식구들이에요.

한 지역의 동식물을 모두 보호하는 천연보호구역

귀한 동물이나 식물 등을 보호하려고 정한 것을 천연기념물이라고 해요. 그런데 한 지역에 소중한 것이 여러 가지일 때에는 그 지역 전체를 보존하기 위해 천연보호구역으로 정해요. 그럼 우리나라의 천연보호구역으로 여행을 떠나 볼까요?

제주도에는 천연보호구역이 여러 군데예요. 성산 일출봉(천연기념물 제420호), 문섬 · 범섬(천연기념물 제421호), 차귀도(천연기념물 제422호), 마라도(천연기념물 제423호) 천연보호구역 등이 있지요.

강원도 역시 천연보호구역이 많아요. 설악산(천연기념물 제171호)을 비롯해 대암산 · 대우산(천연기념물 제246호), 향로봉 · 건봉산(천연기념물 제247호) 천연보호구역 등이 있어요.

성산 일출봉(천연기념물 제420호)

설악산(천연기념물 제171호)

비로용담

대암산 용늪

끈끈이주걱

그중 강원도 양구군의 대암산 꼭대기에는 축구장처럼 넓은 늪이 있어요. 하늘로 올라가는 용이 쉬어 가는 곳이라 하여 용늪이라고 부르는데, 기온이 낮고 습도가 높아 희귀 식물들이 많이 살고 있어요. 특히 물이끼와 삿갓사초, 꼬리조팝나무, 꽃쥐손이풀 등이 많이 자라고, 손바닥난초, 비로용담, 끈끈이주걱, 돌바늘꽃, 촛대승마, 구름패랭이 등도 있지요.

대암산 용늪의 바닥에는 식물이 썩지 않은 채 묻힌 이탄층이 있어요. 이 안에 들어 있는 꽃가루를 조사하면 어떤 식물들이 이곳에 살았는지, 날씨는 어떻게 변화해 왔는지 모두 알아낼 수 있답니다.

황새

부웅.

서연이는 달리는 차 안에서도 주머니를 자꾸만 매만졌어요.

"참 예쁘다."

주머니에는 새 두 마리가 수놓아져 있었어요. 가늘고 긴 다리에 커다란 날개를 우아하게 뽐내는 아름다운 새였어요.

서연이는 지금 할머니 댁에 다녀오는 길이랍니다. 할머니께서는 예쁘게 자란 서연이가 기특하다시며 직접 수를 놓으신 예쁜 주머니를 선물로 주셨어요.

"금방이라도 날아오를 것 같은 학이네!"

어머니도 주머니를 보시고는 흐뭇한 얼굴로 말씀하셨어요.

“엄마, 이거 두루미(천연기념물 제202호) 아니에요? 동화책에서 본 적 있는데……. 맞아요, 여우와 두루미!”

그러자 운전을 하시던 아버지가 말씀하셨어요.

“두루미가 학이고, 학이 두루미지. 그런데 그 새는 아마 두루미가 아닐걸?”

“왜요, 아빠? 부리가 이렇게 길쭉한데요?”

서연이는 이상해서 아버지에게 여쭤 보았어요.

“부리가 길고 다리가 긴 새라고 모두 두루미는 아니야. 새가 어디에 앉아 있는지 한번 볼래?”

서연이는 주머니를 살펴보았어요.

“소나무 같아요. 푸른 소나무요.”

“그렇지. 두루미는 나무에 앉지 않아. 그건 분명 황새(천연기념물 제199호)일 거야.”

그러자 어머니가 말씀하셨어요.

“황새요? 나도 황새는 알아요. 음, 그렇지만 이 새는 황새가 아니에요. 머리털이 빨간 모자를 쓴 것처럼 붉잖아요. 나도 황새하고 두루미는 구분할 줄 안다고요.”

“그래요?”

아버지는 무안한 듯 웃었지요.

"서연아, 그럼 우리 황새를 직접 보고 갈까?"

아버지는 차를 천천히 세웠어요. 바다에 놓인 아주 커다란 다리의 어귀였어요.

"여기는 천수만이란다. 사람들이 바다를 메워 커다란 땅으로 만든 곳이지. 지금은 온갖 철새들이 날아드는 철새의 낙원이야. 뉴스에서 보았는데, 황새가 가끔 이곳에 날아든다더구나."

아버지는 차에서 내리며 서연이에게 다시 말씀하셨어요.

"두루미나 황새나 모두 보기 귀한 새들이란다. 세계적으로도 얼마 남지 않은 새들이지."

멀리서 갑자기 수많은 새가 날아올랐어요.

"와, 멋있다. 아빠, 저 새들이 황새예요?"

"글쎄다."

아버지는 철새 탐사를 온 아주머니에게 물었어요.

"새를 가까이서 구경하고 싶은데, 안으로 들어갈 수 있나요?"

"거기는 못 들어가요."

아주머니의 말씀에 서연이는 실망했어요.

"멀리서도 새를 관찰할 수 있는 전망대가 있으니 가 보세요."

서연이는 갑자기 생각난 듯 아주머니에게 주머니를 내밀었어요.

"아까 새 떼가 날아오르는 것을 보았거든요. 그중에 혹시 이 새
도 있었을까요?"

아주머니는 빙긋 웃었어요.

"그건 아마 오리나 기러기였을 거야. 음, 이건 두루미구나."

"그렇죠? 두루미죠?"

어머니가 물었어요.

"하지만 두루미는 나무에 앉지 않잖아요?"

아버지도 물었어요.

"네, 맞아요. 그러니까 이 새는 황새 집에 놀러 간 두루미라고나 할까요? 하하하."

아주머니는 크게 웃었어요.

"옛날부터 우리 조상들은 두루미와 황새를 모두 좋아했지요. 그런데 둘의 모습을 잘 구분하지 못해서 이런 그림이 많이 생겨났어요. 엄연히 다른 새인데 말이에요. 하지만 둘 다 물가를 좋아하고, 원앙(천연기념물 제327호)만큼 부부 금실도 각별한 새들이지요."

아주머니는 서연이를 쳐다보았어요.

"너는 이 주머니에 새겨진 새가 보고 싶은 거구나?"

"네."

"두루미는 철새야. 경기도나 강원도 비무장 지대에 주로 날아오지. 그리고 황새는 원래 우리 주변에서 흔히 볼 수 있는 텃새였는데, 지금은 이곳에 가끔 몇 마리씩 들르는 철새가 되었단다."

"황새가 어디에서 날아오는 건데요?"

"러시아에 있다가 10월쯤 우리나라로 찾아온단다. 날씨가 추워지면 우리나라로 와 쉬거나 일본, 홍콩까지도 날아가지. 황새가

두루미와 어떻게 다른지 궁
금하지? 황새는 이 그림하고
는 달라. 목이 검고, 머리가
붉은 건 두루미지. 황새는 눈
가에 붉은 털이 있단다. 발가
락은 네 개여서 나뭇가지를
잡기 쉬워. 두루미는 발가락
이 셋이라 나무를 잡을 수 없
어. 그래서 논이나 너른 풀밭
을 더 좋아해."

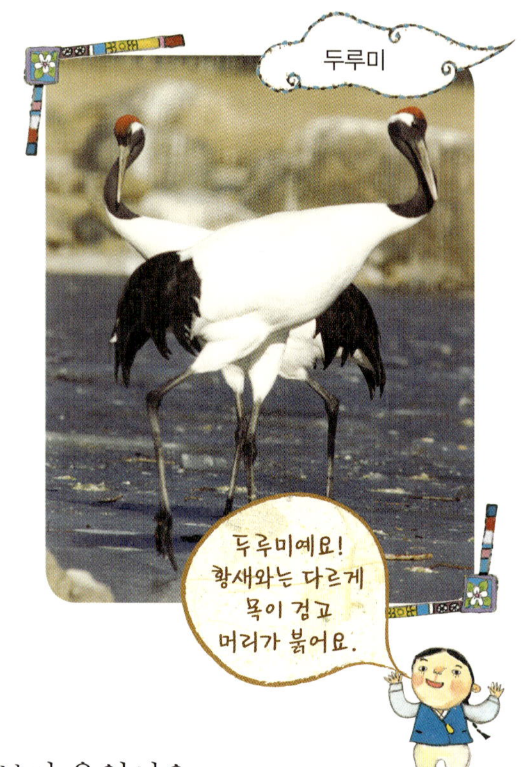

  서연이는 주머니를 다시 살펴보며 웃었어요.

  "정말 두루미가 친구 황새네 놀러 온 거네요!"

  "그런데 왜 황새가 철새가 된 거예요?"

  어머니도 궁금하셨나 봐요.

  "그야, 우리 땅이 황새들이 살기에 나빠졌기 때문이지요. 옛날
에 황새는 마을 안에 둥지를 틀고 살았어요. 마치 마을을 지키는
파수꾼처럼 말이에요. 그런데 사람들이 황새 알이 약이 된다며 마
구 가져갔어요. 농사를 지을 때 농약을 많이 써 땅을 해치기도 했

고요. 그러니 황새가 자연히 사라질 수밖에 없었지요. 황새는 이제 우리나라뿐 아니라 세계적으로도 2,500여 마리 밖에 남지 않은 보기 드문 새가 되었답니다.”

아버지가 고개를 끄덕이시며 서연이에게 말씀하셨어요.

“사람들이 쓰고 버린 더러운 물로 강이 오염돼 물고기나 곤충, 개구리가 사라졌지. 새들이 먹이로 삼는 것들이 사라지니 당연히 새들도 줄어들게 된 거야.”

서연이는 속상했어요.

“그럼 황새가 영영 사라질 수도 있는 거예요? 두루미도요?”

아주머니는 서연이의 머리를 쓰다듬었어요.

“그런 일이 생기지 않도록 우리가 노력해야겠지? 참, 좋은 소식도 있단다. 황새를 연구하는 사람들이 얼마 전 외국에서 황새를 들여와서

키우고 있어. 지금은 제법 새끼도 많이 낳아서 곧 들에 풀어 놓을 거란다. 그러면 황새가 우리 땅에 다시 터를 잡을 수 있겠지?”

“와! 정말이요?”

“그동안 우리는 새들이 그냥 떠나 버리지 않도록 우리 환경을 깨끗하게 가꿔 놓아야 해. 황새든 두루미든 그 어떤 동물이든 우리와 함께 어울려 살 수 있도록 말이야.”

아주머니는 가방을 어깨에 메었어요.

“나도 오늘 황새를 만날 수 있을지 모르겠다. 하지만 언젠간 어느 동네 어귀만 가도 그 새를 만날 날이 오겠지?”

서연이는 탐사를 떠나는 아주머니에게 인사를 드렸어요. 그리고 마음속으로 가늘고 긴 다리를 얌전히 모으고 커다란 날개를 펼치며 나는 황새와 두루미를 생각했지요. 서연이의 예쁜 주머니나 그림 속에만 사는 새가 아니라, 푸른 하늘을 마음껏 나는 새 말이에요.

지키고 보존해야 할 철새들의 안식처

철새는 계절에 따라 사는 곳을 바꿔 이동하는 새를 말해요. 번식을 하고 먹이를 찾기 위해서지요. 우리나라는 특히 러시아와 중국, 일본의 중간에 자리 잡고 있어서 이 지역을 오가는 많은 새들이 찾는 국제적인 철새 도래지가 많답니다. 그럼 우리나라의 대표적인 철새 도래지를 알아볼까요?

천수만은 우리나라에서 가장 규모가 큰 철새들의 쉼터예요. 여의도의 30배가 넘는 너른 들판에 커다란 호수가 있어 새들이 쉬기에 안성맞춤이지요. 이곳에는 매년 300여 종의 40만 마리나 되는 새들이 찾아와 겨울을 나요. 기러기, 가창오리, 논병아리 같은 새들이나 노랑부리저어새(천연기념물 제205-2호), 고

천수만을 찾은 새들

노랑부리저어새(천연기념물 제205-2호)

니(천연기념물 제201호), 황새(천연기념물 제199호) 같은 희귀 새도 모습을 드러내 사람들을 반갑게 한답니다.

부산 낙동강 하류 철새 도래지(천연기념물 제179호)와 경남 창원의 주남 저수지도 손꼽히는 철새 도래지예요. 낙동강 하류는 넓은 하구에 삼각주와 모래언덕, 갯벌이 있어 새들이 먹이를 찾기 좋아요. 이곳은 한때 환경이 파괴되면서 찾아오는 새들이 줄었지만 지금은 사람들의 노력으로 다시 새들이 늘어나고 있어요.

강원도 철원 철새 도래지는 사람들과 철새들이 지혜롭게 어울려 사는 곳으로 유명해요. 마을 주민들은 철새들이 건강하게 지낼 수 있도록 논과 밭에 농약을 사용하지 않고, 먹이가 부족할 즈음엔 들에 먹이를 뿌려 주었어요. 그래서 이곳은 기러기, 독수리(천연기념물 제243호) 같은 철새들의 소중한 겨울 집이 되고 있답니다.

낙동강 하류
철새 도래지를 찾은 새들

철원 철새 도래지를 찾은 새들

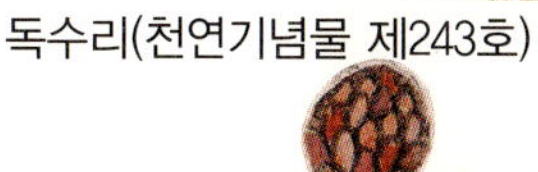

독수리(천연기념물 제243호)

돌이네 가족의 슬픈 이야기
영월 고씨굴

임진왜란 때였어요.

"큰일 났어요! 왜구가 쳐들어왔대요."

"전쟁이 일어났어!"

마을 사람들은 이 마을에서 저 마을로 전해지는 소식을 듣고 불안해했어요.

"일단 마음을 가라앉히고 차분하게 생각해 봅시다."

마을에서 한 사람이 나서서 말했어요. 바로 돌이 아버지였어요. 하지만 마을의 다른 사람들은 피난 보따리를 챙기느라 정신이 없었어요.

"왜구들이 산 너머까지 왔으면 어쩔 거요?"

"무슨 소리예요? 벌써 마을 어귀까지 와 있다던데……."

마을 사람들은 서로 앞다투어 길을 떠났어요.

"왜구가 그토록 가까이 와 있다면 지금 우리가 어디로 도망간들 그들을 피할 수 있겠소? 우리 마을은 산이 깊은 곳이니 차라리 여기서 숨을 곳을 찾아보면 어떻겠소?"

돌이 아버지가 말했어요.

"왜구들이 어디까지 쳐들어왔는지 산골에 사는 우리로서는 알 수 없지 않소? 일단 나를 따라오시오."

하지만 마을 사람들은 급한 마음에 모두 뿔뿔이 흩어져 길을 떠나고 말았어요. 하는 수 없이 돌이 아버지는 가족과 친척들만 데리고 강가로 갔어요.

"저 너머에 굴이 있다는 건 우리 마을 사람들밖에 모르지."

돌이 아버지는 강 건너 기슭을 바라보았어요. 돌이 어머니가 고개를 끄덕이자 돌이 아버지는 가족과 친척들을 배에 태웠어요.

"우선 저 굴로 몸을 피하자. 굴 안이 아주 넓으니 왜구들이 떠날 때까지 우리 모두 무사히 지낼 수 있을 거야."

돌이네 가족들은 강을 건너 굴 앞에 도착했어요. 굴의 입구는 아주 좁았어요. 하지만 굴 안으로 조금 더 들어서자 곧 널찍한 터가 나타났지요. 가족들은 그곳에 조심스레 짐을 풀었어요.

"아버지, 그럼 우리는 언제 집으로 돌아가요?"

어린 돌이가 아버지에게 물었어요.

"글쎄다."

돌이는 컴컴한 굴이 너무 무서워 집에 돌아가자고 자꾸 졸랐어요. 돌이 아버지는 그런 돌이를 품에 꼭 안아 주었지요.

그렇게 며칠이 지났어요. 돌이네 가족들은 불을 피워 밥을 지어 먹기도 했어요. 하지만 소리를 내지 않고 조심조심 굴 안에서만 지내는 생활은 곧 답답해졌어요.

"마을 사람들은 모두 어디로 갔을까?"

"그러게. 다들 무사할까?"

돌이도 심심했어요. 굴 안에 있는 신기한 돌기둥을 구경하기도 했지만 그것도 이미 싫증이 난 지 오래였어요.

돌이 아버지는 울며 보채는 돌이를 달래려고 돌이를 등에 업고 굴속을 거닐었어요.

"애야. 저 기둥은 마치 선녀의 옷자락처럼 아름답구나. 신기하지 않니?"

하지만 돌이는 투정을 부리기만 했어요.
"그러면 우리 좀 더 안쪽으로 들어가 볼까?"
"무서워요!"
돌이는 울음을 터뜨리고 말았어요.
"아버지, 바깥에 나가고 싶어요. 진달래도 따 먹고 냇가에 가서
멱도 감고 싶단 말이에요!"
돌이 아버지는 하는 수 없이 돌이에게 약속했어요.
"그럼 아버지가 나가서 예쁜 진달래를 꺾어 오마."

　돌이 아버지는 주위를 살피며 조심스레 굴
을 나섰어요. 바깥은 조용하기만 했어요. 온 산에
봄꽃들이 흐드러지게 피어 있을 뿐이었지요.
　'참, 산나물도 좀 캐어 와야겠다. 먹을거리가 언제
떨어질지 모르는데……'
　돌이 아버지는 깊은 산속으로 들어갔어요. 한참 정신없이
나물을 캐다 보니 문득 돌이 생각이 났어요.
　돌이 아버지는 진달래를 꺾어 서둘러 굴로 향했어요. 산모퉁이
를 돌자 멀리 굴이 보였지요. 그런데 이게 어찌된 일인가요? 굴
앞에 불이 활활 타오르고 있는 게 아니겠어요? 굴 앞에 불을 지르
고 빠져나가는 사람들은 바로 왜구였어요.
　아버지를 기다리던 돌이가 굴 바깥으로 나와 기웃거리는 모습을
마침 그곳을 지나가던 왜구가 본 것이었어요. 그곳에 사람들이 숨
어 지내는 것을 눈치챈 왜구들은 굴 앞에 불을 질렀어요.
　"안 돼!"
　돌이 아버지는 서둘러 굴로 달려갔어요. 하지만 굴로 들어가는
길은 이미 불길에 휩싸여 가까이 갈 수조차 없었어요.

돌이 아버지는 불을 끄려고 했지만 혼자 힘으로는 어쩔 수가 없었어요. 겨우 불을 끄고 들어갔을 때에는 이미 가족 모두 숨을 거둔 뒤였어요. 돌이 아버지는 그만 엉엉 소리 내어 울었답니다.

그리하여 이 굴은 아버지의 성을 따라 고씨굴로 불리게 되었어요. 강원도 영월군의 이 고씨굴(천연기념물 제219호) 안에는 지금도 넓은 터에 고 씨 가족들이 솥을 건 자리가 남아 있다고 해요.

우리나라에 있는 굴은 대부분 석회암 동굴이에요. 석회암은 물에 약한 바위지요. 석회암 동굴은 빗물이 땅으로 스며들어 땅 아래 묻혀 있던 석회암이 녹아서 만들어지는 동굴이에요.

물론 이 일은 하루아침에 이루어지는 것이 아니에요. 석회암 동굴은 아주 오랜 세월 동안 천천히 만들어지지요.

고씨굴도 무려 4~5억 년 전부터 이런 식으로 만들어진 석회암 동굴이에요. 고씨굴의 길이는 3킬로미터나 된다고 해요.

고씨굴과 같은 석회암 동굴의 가장 특별한 점은 종유석과 석순이 어우러져 별의별 모양을 다 만들어 낸다는 거예요. 고씨굴에는 물과 석회암이 빚어낸 화려한 조각상이 그득하답니다.

그럼 종유석과 석순은 어떻게 만들어질까요?

석회암 동굴이 만들어진 다음에도 물은 계속 스며들어요. 천장에 석회암이 섞인 물방울들이 맺히다가 굳어 점점 길어지면 종유석이 되는 거예요. 마치 고드름 같지요. 바닥에 떨어지는 물방울들은 차차 쌓여 석순이 되고요. 그래서 종유석과 석순은 서로 마주 보고 계속 자라는 셈이랍니다. 세월이 많이 지나면 종유석은 커다란 커튼처럼 천장에 드리워지기도 하고, 종유석과 석순이 맞닿아 큰 돌기둥인 석주가 되기도 해요.

고씨굴은 절벽에 난 계단을 따라 사람들도 들어갈 수 있게 되어 있지요. 고씨굴은 무척 길지만 우리는 1킬로미터까지만 들어가 볼 수 있어요. 더 안쪽에는 무척 희귀한 생물들이 많이 살고 있어 사람들이 더는 들어가지 못하게 막은 거예요.

고씨굴은 입구가 좁아 바깥 공기가 잘 들어갈 수 없어요. 그래서 이미 멸종된 것으로 알려진 참굴개미나 엽새우 등이 발견되기도 했어요. 또 화석으로만 남아

있어 오래전 지구에 살았던 것으로 짐작되던 갈로아 곤충도 이곳
에서 사는 것으로 알려져 있어요.

고씨굴에는 호수가 네 개, 폭포가 세 개 있어요. 물 흐르는 소리
와 잔잔한 호수의 조화가 아름답게 어우러지지요.

사람들은 굴 안에 있는 기기묘묘한 돌에 사천왕, 오백나한, 님
의 기둥 등 모양에 따라 재미있는 이름을 붙이기도 했어요. 그중
에서도 신선이 열둘이나 서 있는 모습 같다고 해서 이름 붙여진
십이선경이라는 종유석과 석순의 무리가 가장 유명하답니다.

우리나라의 신기한 천연 동굴

우리나라의 천연 동굴은 크게 석회암 동굴과 용암 동굴, 해식 동굴로 나눌 수 있어요. 석회암 동굴은 물 때문에, 용암 동굴은 화산 때문에, 해식 동굴은 파도의 힘 때문에 생기는 동굴이에요. 그럼 신비한 동굴의 세계로 떠나 볼까요?

석회암 동굴은 강원도나 충청북도, 경상북도에 많아요. 이곳에 석회암이 많이 묻혀 있기 때문이지요. 특히 단양에는 고수동굴(천연기념물 제256호), 온달동굴(천연기념물 제261호), 노동동굴(천연기념물 제262호), 천동동굴 등 유명한 동굴이 많아요.

고수동굴(천연기념물 제256호)의 종유석

노동동굴(천연기념물 제262호)의 석순

고수동굴(천연기념물 제256호)의 석주

만장굴(천연기념물 제98호)

석회암 동굴에는 고드름처럼 생긴 종유석이 많아요. 종유석은 1년에 0.1밀리미터쯤 자라요. 그러니 1센티미터만 길어지려 해도 백 년이나 걸리는 거예요. 이렇게 보면 종유석과 그 아래 쌓인 석순이 참 대단하지요?

용암 동굴은 제주도에 많아요. 화산이 터지면 용암이 나오는데, 뜨거운 용암은 차가운 바깥 공기와 만나면 겉이 굳어요. 하지만 안쪽은 굳지 않았기 때문에 뜨거운 용암이 다시 터져 나와 안이 텅 빈 동굴로 변하는 거예요.

용암 동굴에도 종유석과 석순이 있어요. 하지만 이곳의 종유석은 굳지 않은 용암이 천장에서 흘러내려 만들어진 것이라, 석회암 동굴의 종유석처럼 계속 자라지는 않아요.

제주도에서 가장 유명한 용암 동굴인 만장굴(천연기념물 제98호)은 세계적으로도 손꼽히는 큰 규모의 굴이에요. 길이가 무려 약 9킬로미터나 되지요. 천장도 아주 높아서 용암 기둥이 있을 정도랍니다.

마의태자가 심은 나무
용문산 은행나무

　법당을 빠져나온 현이는 절 마당 한구석에 우두커니 서 있었어요. 현이는 가족들과의 즐거운 주말 나들이가 이렇게 엉망이 될 줄은 꿈에도 몰랐어요.

'하필이면 어젯밤에 실수할 게 뭐람.'

　현이는 어머니에게 꾸지람을 들은 것보다 동생 경이가 놀려 대는 것이 더 속상했어요. 다 큰 형이 이불에 지도를 그렸으니 동생인 경이가 얼마나 웃어 댔겠어요? 현이는 그 일을 다시 떠올리기도 싫었어요. 그래서 차를 타고 오는 내내 화난 사람처럼 입을 꾹 다물고 있었지요.

"현이야, 은행나무가 정말 멋지지?"

어느새 현이를 따라 나온 어머니가 물었어요. 어머니는 절 마당의 어마어마하게 큰 은행나무를 가리켰어요.

"이 나무가 용문사 은행나무란다. 아주 유명한 나무야. 너, 저 나무가 몇 살쯤 되었을 것 같아?"

나무의 키가 엄청나게 컸기 때문에 현이는 쉽게 나이를 짐작할 수 없었어요.

"몇 살인데요?"

"천 살도 넘어."

"와!"

어머니는 잠시 주위를 두리번거렸어요.

"음, 여기 있구나."

어머니는 은행나무 밑에서 꼬투리가 달린 노랗고 동그란 열매를 주워 들었어요.

"자, 이게 은행이야. 잘 보렴."

현이는 열매를 받으려다 말고 얼굴을 잔뜩 찌푸렸어요.

“윽, 냄새가 너무 고약해요!”

“그래도 이게 우리 현이에게는 보약이 될걸?”

“약이요? 이걸 먹는다고요?”

어머니는 손으로 은행을 깠어요. 안에 아주 딱딱한 씨앗이 있었어요. 어머니는 호두 알을 까듯 씨앗을 작은 돌멩이로 쳤어요. 그러자 또 다른 알맹이가 들어 있었어요.

“이걸 불에 잘 구우면 고소한 맛이 난단다. 현이가 아홉 살이지? 그럼 아홉 알을 먹어야 해.”

어머니가 맛있을 거라고 말씀하셔도 현이는 시큰둥했어요.

“별로예요.”

“그래? 이불에 지도 그리는 일을 딱 멈추게 할 텐데도?”

어머니 말씀에 현이는 화들짝 놀라 사방을 둘러보았어요. 누가 지나가다 들으면 어쩌나 싶었거든요. 그래도 귀가 솔깃해지는 것은 어쩔 수 없었지요.

“정말이에요?”

“그럼.”

현이는 슬그머니 고개를 돌려 은행을 찾았어요.

"여기도 한 알 있어요!"

"그래, 우리 딱 아홉 알만 함께 주워 볼까?"

현이와 어머니는 웃으며 함께 은행을 찾기 시작했어요.

은행나무는 가을을 황금빛으로 아름답게 물들여요. 활짝 편 부챗살 모양의 샛노란 잎들이 거리에 날리는 모습은 정말 멋있지요. 은행나무는 줄기가 곧고 모양새가 아름다워요. 또 벌레에 해를 잘 입지 않아서 가로수로 많이 사랑 받지요.

은행나무는 아주 오래 사는 나무이기도 해요. 나이가 많아서 천연기념물로 보호받는 것만 해

도 우리나라에 열아홉 그루나 된답니다. 그중에서 가장 돋보이는 것이 바로 경기도 양평군 용문사에 있는 은행나무(천연기념물 제30호)예요.

용문사 은행나무는 우리나라에서 가장 키가 큰 맏이 나무예요. 키는 42미터나 되고, 줄기 둘레는 여러분이 친구들과 함께 두 팔을 벌려 안으려 해도 어려울 정도예요. 14미터가 넘으니까요. 이처럼 크고 오래된 나무인 만큼 이 나무에 깃든 전설도 많지요.

옛날 신라의 마지막 임금인 경순왕 때의 일이었어요. 신라는 점점 힘을 잃어 가던 참이었지요.

"고려가 자꾸 우리 신라를 넘보니 어찌하면 좋겠소?"

경순왕은 근심에 싸여 신하들에게 물었어요. 신하들은 아무 말도 하지 못하고 쩔쩔매기만 했어요.

"고려에 섣불리 맞서 싸웠다가는 백성들만 괴로워질 텐데……. 차라리 항복을 하면 아무도 다치지 않을 거요."

경순왕은 안타까움에 두 눈을 감았어요. 신하들도 어쩔 수 없이 고개만 숙이고 있었어요.

"아바마마, 그건 안 됩니다!"

세자가 갑자기 뛰어들어 오며 소리쳤어요.

"고려에 항복하다니요! 맞서서 싸워 보지도 않고요?"

경순왕은 떨리는 목소리로 대답했어요.

"세자, 전쟁을 크게 벌리면 우리 신라 백성들만 다칠 것이다. 고려의 힘은 이미 우리가 감당하기 어려울 만큼 커졌단다."

세자는 굵은 눈물을 뚝뚝 흘렸어요.

"손도 한번 쓰지 못하고, 어떻게 나라를 그냥 내어 준단 말입니까? 흑흑……."

세자는 궁궐에 더는 가만히 머물러 있을 수가 없었어요.

'고려에 항복하면 목숨이야 건질 테지만 내 나라와 백성을 지키지도 못하면서 어떻게 잘 살길 바라겠는가?'

세자는 홀연히 궁을 떠났어요. 그리고 여기저기 깊은 산속을 떠돌며 나라 잃은 슬픔을 달랬지요.

세자는 늘 베옷을 입고 있어서 사람들은 그를 마의태자라고 불렀어요. 산속을 떠돌던 마의태자는 어느 산자락에 이르러 나무를 한 그루 심었어요.

"나무야, 너는 천년만년 네 땅을 지키며 살아라."

마의태자가 심은 이 나무가 바로 용문사 은행나무라고 해요.

또 다른 전설도 있어요. 통일 신라 시대 유명한 스님인 의상 대사가 꽂은 지팡이가 이렇게 큰 은행나무로 자랐다는 전설이지요.

어느 이야기가 맞는지는 알 수 없어요. 하지만 용문사 은행나무가 천 년 넘게 절 마당을 지키고 있는 것은 사실이랍니다.

긴 세월 동안 용문사 은행나무에는 신기한 일이 많이 일어났어요. 왜군들이 우리나라에 쳐들어와 용문사를 태웠을 때에도 이 은행나무만은 무사했어요. 나라에 좋지 않은 일이 일어날 즈음에는 소리를 내어 미리 알렸다고도 해요. 그래서 조선 시대 세종은 이 은행나무에게 높은 벼슬을 내렸답니다.

또 조선의 고종이 세상을 떠났을 때는 큰 가지 하나가 저절로 부러졌다고 하지요. 심지어 누군가가 이 나무를 자르려고 하자 하늘에서 천둥이 쳤다고도 하니, 사람들이 용문사 은행나무를 얼마나 신령스럽게 여겼는지 잘 알 수 있겠지요?

실제로도 은행나무는 신비한 나무예요. 무려 2억 5천만 년 전부

터 지구에 살았지요. 지금은 은행나무가 아시아에 많지만, 은행나무의 화석은 전 세계에 고루 남아 있답니다. 이로 미루어 보아 옛날에는 지금보다 더 많은 종류의 은행나무가 세계에 널리 퍼져 자랐던 것으로 생각돼요.

은행나무는 별난 점이 많은 나무예요. 와이(Y) 자 모양으로 갈라진 잎은 다른 나무에서는 찾아볼 수 없는 독특한 모양이에요.

꽃가루 노릇을 하는 세포에 꼬리가 여럿 달려서 스스로 움직이는 점도 참 특이하지요. 은행나무는 암나무와 수나무가 따로 있어요. 봄이면 수나무의 꽃가루가 바람을 타고 날아가 암나무 꽃에 닿아요. 그러면 꼬리 달린 세포가 스스로 움직여 자리를 잡고, 가을에 열매를 맺는 거예요. 은행나무의 열매와 잎은 옛날부터 훌륭한 약으로 쓰여 왔어요.

그리고 나이가 몇 백 살이나 되는 아주 오래된 은행나무들이 거의 다 암나무라는 점도 재미있어요. 용문사 은행나무도 물론 암나무랍니다.

마을을 지키는 당산목과 신목

많은 전설을 가진 용문사 은행나무처럼 우리 조상들은 신령스런 나무가 있다고 여겼어요. 신과 사람을 이어 주는 나무 말이에요. 그래서 그런 나무 옆에는 당집을 짓고 제사를 올렸어요. 마을 사람들이 탈 없이 평화롭게 살아갈 수 있도록 빌었던 거예요. 이런 나무를 당산목, 서낭나무, 성황목이라고 부르지요.

천연기념물로 지정된 나무 중에는 조상들과 오랜 세월을 함께 살아온 나무들이 많아요. 부산 구포동 팽나무(천연기념물 제309호)는 오백 살이 넘는 나무로 마을의 당산목이에요. 지금도 해마다 정월 대보름이면 나무 옆 당집에 마을 사람들이 모여요. 그리고 몸가짐이 가장 바른 사람을 대표로 뽑아 제사를 지내지요.

합천 화양리 소나무(천연기념물 제289호)와 보은 서원리 소나무(천연기념물 제352호), 보길도 예송리 해송,

부산 구포동 팽나무(천연기념물 제309호)

보은 서원리 소나무(천연기념물 제352호)

강진군 사당리 푸조나무(천연기념물 제35호)

강릉 회산동 소나무도 예부터 사람들의 사랑과 존경을 받는 이름난 당산목이에요.

강진군 사당리 푸조나무(천연기념물 제35호)는 신이 깃들어 있다고 믿는 신목이에요. 나무꾼이 가지를 꺾다가 죽임을 당했다는 전설이 있어 사람들은 더욱 조심스레 여겼답니다. 그래서 지금도 늠름하고 멋진 모습으로 우뚝 서 있어요.

나무를 다치게 하면 해를 입는다는 전설은, 아마도 훌륭한 나무를 잘 지켜 후손들에게 남겨 주고 싶었던 조상들의 지혜에서 나온 이야기가 아니었을까요?

한갓과 말잣딸이 내려온 곳
산굼부리

옛날 옛적, 까마득한 옛날에 하늘나라 옥황상제에게는 굉
장히 똑똑하고 예쁜 셋째 딸이 있었어요.
"아이고, 나의 말잣딸아!"
말잣딸은 셋째 딸이라는 뜻이지요.
"네, 아바마마."
말잣딸은 옥황상제에게 공손히 대답했어요.
"그래, 오늘은 어떤 공부를 했는지 말해 보거라."
"오늘은 아래 세상에 사는 풀과 나무를 살펴보았습니다."
옥황상제는 조금 실망했어요.

"너는 아래 세상을 지나치게 좋아하는 것 같구나. 그러지 말고 우리가 사는 하늘나라의 이치에 대해 좀 더 공부하여라."

"네, 아바마마."

말잣딸은 옥황상제에게 그러겠노라고 말하면서도 마음이 쉽게 따르지 않았어요.

'아래 세상은 너무나 아름다운걸……'

그러던 어느 날이었어요. 옥황상제는 잔치를 벌여 하늘나라의 귀한 손님들을 모두 초대했어요. 잔치에 온 손님 중에는 별을 지키는 이들 가운데서 가장 뛰어나다고 소문난 한감도 있었지요. 한감은 말잣딸을 보자마자 첫눈에 반했어요.

"당신은 이 세상에서 가장 아름답습니다."

말잣딸도 한감이 마음에 쏙 들었어요. 하지만 부끄러운 마음에 고개를 돌렸지요.

"한감님, 아래 세상에는 저보다 아름다운 것이 많답니다."

"그럴 리가요!"

한감과 말잣딸은 사랑에 빠졌어요. 그날부터 한감과 말잣딸은 틈만 나면 서로 만나 사랑을 속삭였어요.

"당신의 눈은 내가 아는 그 어떤 별보다도 아름답군요."

“한감님의 별보다도요?”

“물론입니다.”

한감과 말잣딸이 서로 사랑한다는 이야기는 어느새 온 하늘나라에 퍼졌어요. 그리고 옥황상제의 귀에까지 들어가고 말았어요.

“너희가 내 허락을 받지도 않고 서로 사랑하는 사이가 되었다던데, 그게 사실이냐?”

“옥황상제마마. 저희는 서로 사랑합니다.”

한감은 고개 숙여 말했어요. 하지만 옥황상제는 화가 났지요.

“네가 아무리 영특하고 뛰어나다 하더라도 말잣딸을 네 아내로 줄 생각은 없다!”

옥황상제의 말을 듣고 말잣딸은 눈물을 흘렸어요.

“아바마마, 저는 한감님을 사랑해요!”

“감히 네가, 내 말을 거역하겠다는 것이냐?”

옥황상제는 화가 머리끝까지 치밀어 거칠게 팔을 휘둘렀어요. 그러자 하늘에서 엄청난 번개가 쳤어요. 곧 천둥소리가 하늘과 땅을 뒤흔들면서 한감과 말잣딸을 땅으로 내동댕이쳤지요.

“좋다, 정 그렇다면 네가 그렇게 좋아하는 아래 세상으로 가 마음대로 살아 보아라!”

땅으로 떨어진 한감과 말잣딸은 주위를 살펴보았어요.

"한감님, 여기가 어딜까요?"

"글쎄요. 땅이 움푹 파여 있군요."

엄청난 번개가 내리쳐 파인 듯한 그곳은 꽤 넓었어요.

"한감님, 우리 여기서 살아요. 나무도 많고 아늑해 보여요."

둘은 움푹 파인 땅에 들어가 함께 살았어요.

"어머, 이곳에는 향기로운 풀과 열매가 꽤 많아요!"

"음, 사냥할 만한 토끼나 노루도 보이는걸요?"

둘은 하늘나라에서는 보지 못하던 것들을 보고 마음이 들떴어요. 말잣딸은 산딸기를 마음껏 따 먹었어요. 그러나 한감은 활을 메고 사냥하기를 더 좋아했지요.

어느 날 한감은 말잣딸에게 짐승의 고기를 내밀었어요.

"이것 좀 먹어 보시오."

"싫어요."

말잣딸은 고개를 흔들며 물러났어요. 게다가 말잣딸은 한감의 몸에서 나는 고기 냄새가 고약해 견딜 수가 없었어요.

"더는 그 고약한 고기 냄새를 참을 수가 없어요."

말잣딸은 한감을 남겨 두고는 마을로 나왔어요. 그리고 어느 해 묵은 팽나무 아래로 갔지요.

'음, 이 나무 밑이 꽤 마음에 드는걸. 이제 여기서 살아야겠어.'

말잣딸이 마을의 팽나무 아래에 자리를 잡자, 마을 사람들은 하늘나라에서 온 공주에게 제물을 바치며 극진히 모시기 시작했어요. 사람들은 말잣딸이 머무는 그곳을 각시당이라고 불렀어요.

말잣딸이 떠나고 움푹 파인 땅에 홀로 남아 있던 한감도 크게 슬퍼하지는 않았어요.

'난 이곳이 좋아.'

한감은 그
뒤 산속의 사냥꾼
들을 보살피며 살았어
요. 사냥꾼들은 한감에게 큰
상을 정성껏 올리며 무사히 산에
오르게 해 달라고 빌었어요.

이렇게 해서 말잣딸은 각시당에서 마을
신이 되었고, 한감은 동물과 사냥꾼을 살피는
산신이 되었지요.

이렇게 한감과 말잣딸이 세상으로 내려와 처음 자리를
잡았다고 전해지는 곳이 바로 제주도의 산굼부리(천연기념물 제
263호)예요. 지금도 제주도 사람들은 산굼부리에서 크게 소리를
지르거나 나쁜 일을 하게 되면 산신이 화가 나 주변이 안개로 뒤
덮인다고 믿지요.

사실 산굼부리는 화산이 폭발하면서 생긴 분화구예요. 제주도
의 한라산은 화산이 폭발하면서 만들어졌는데, 이때 한라산과 같

이 솟아오른 땅이 360여 개나 돼요. 이것을 제주도 말로 '오름'이라고 하지요.

하지만 오름 중에서도 산굼부리는 아주 특별한 경우예요.

보통 화산이 터질 때는 용암이 땅을 뚫고 나와요. 한라산의 백록담도 그렇게 해서 생겨났지요. 하지만 산굼부리는 용암이 나오지 않고 가스만 나와 버린 화산이랍니다. 그래서 땅이 봉긋 솟지 않고 푹 꺼져 버린 거지요. 다른 오름들이 그릇을 바닥 위에 엎어 놓은 모양이라면, 산굼부리는 바닥 아래로 그릇이 들어가 있는 모양이에요.

제주도로 오는 비행기 안에서 산굼부리를 바라본다면 아마도 축구장이 땅속으로 가라앉은 것처럼 보일 거예요. 아주 넓은 땅이 100미터도 넘게 아래로 내려앉아 있으니 정말 그렇게 보인답니다. 산굼부리는 한라산의

화구호인 백록담보다 더 깊어요. 산굼부리의 분화구 바깥 둘레는 2,067미터이고, 안쪽 둘레는 756미터에 이르지요.

산굼부리처럼 이렇게 솟지 않고 가라앉은 화산을 '마르 화산'이라고 해요. 마르 화산은 세계적으로도 그리 흔치 않은 화산이에요. 일본과 독일에 몇몇 곳이 있을 뿐이지요.

산굼부리에는 신기한 점이 또 하나 있어요. 움푹 파인 땅에는 비가 많이 오면 바닥에 물이 고이겠지요? 하지만 산굼부리에는 물이 고이지 않는답니다.

제주도의 돌은 구멍이 숭숭 뚫려 있어 물이 잘 빠지는 현무암이에요. 산굼부리의 바닥도 역시 이런 현무암으로 되어 있어서 물이 잘 빠지기 때문이에요. 그리고 이 물은 산굼부리 어딘가에 있는 구멍을 통해 바다로 빠져나갈 거라고 짐작해요.

이렇게 독특한 땅이다 보니 산굼부리에 사는 식물도 특별한 점이 많아요. 산굼부리 분화구는 장소마다 기울기가 다르고 워낙 깊어서 온도와 햇빛의 양이 제각각이에요. 그래서 산굼부리에는 다양한 환경에서 자라는 여러 종류의 식물이 가득하답니다.

특히 절벽에는 계곡고사리와 섬꿩고사리가 자라고 있어요. 희귀한 거미고사리, 보춘화도 자라요. 고란초는 산굼부리 분화구의 가장 높은 곳에 띠를 이루며 살고 있지요.

이 밖에도 산굼부리 분화구 안에는 구실잣밤나무, 종가시나무, 상수리나무, 졸참나무, 서어나무 등이 어우러져 있어요.

이렇듯 산굼부리는 우리나라뿐만 아니라 세계적으로도 보기 드문 분화구 식물원이기도 하답니다.

독특한 성질과 생김새를 가진 땅과 돌

나무나 꽃, 동물들만 천연기념물이 되는 것은 아니에요. 천연기념물에는 독특한 성질과 생김새를 가진 땅이나 돌도 있어요. 또 공룡처럼 오래전에 살았던 생물들의 화석도 천연기념물이 될 수 있어요. 이것들은 지구가 어떻게 자라고 살아왔는지를 오늘날 우리에게 알려 준답니다. 그럼 함께 만나 볼까요?

옹진 백령도에는 아주 별난 모래밭이 있어요. 바로 사곶 사빈(천연기념물 제391호)이지요. 사빈은 모래가 넓고 평평하게 쌓여 콘크리트 바닥처럼 단단하게 굳은 곳이에요. 백령도 사곶 사빈은 백령도에 많이 있는 규암이 부스러져 만들어졌지요.

옹진 백령도 사곶 사빈
(천연기념물 제391호)

백령도 남포리 콩돌해안(천연기념물 제392호)

　썰물 때가 되면 길이가 자그마치 2킬로미터, 폭도 200미터나 되는 이 모래밭이 그대로 드러나요. 마치 공항에 있는 활주로처럼 보이지요. 실제로 이곳은 한국 전쟁 때 천연 비행장으로 쓰이기도 했어요.

　백령도 남포리에는 콩돌해안(천연기념물 제392호)도 있어요. 콩돌이 뭐냐고요? 부서진 규암이 파도에 닳아 마치 콩처럼 작아진 거예요. 이곳에는 모래 대신 흰색, 갈색, 회색, 붉은색 등 가지각색의 콩돌이 가득해요.

　이 밖에도 끝없이 모래가 쌓여 있어 사막처럼 보이는 태안 신두리 해안사구(천연기념물 제431호)나, 바윗덩어리들이 천천히 무너져 내리면서 산의 모습을 만든 대구 달성군 비슬산 암괴류(천연기념물 제435호), 돌을 캐는 채석장에서 우연히 발견된 포항 달전리 주상절리(천연기념물 제415호), 석회암 동굴이 땅 위로 드러나 구멍이 뻥 뚫린 것처럼 보이는 강원도 태백 구문소(천연기념물 제417호)도 신기한 땅의 생김새로 천연기념물이 된 곳이에요.

태안 신두리 해안사구(천연기념물 제431호)

포항 달전리 주상절리(천연기념물 제415호)

강원도 태백 구문소
(천연기념물 제417호)

싱싱 야채과일

도시로 찾아든 매
황조롱이

시장을 오가는 사람들의 발길이 더욱 많아지고 물건을 파는 가게 주인들의 목소리가 높아져 가는 오후입니다.

이곳은 서울에서도 손꼽히는 큰 시장이에요. 주변에는 크고 작은 빌딩들이 줄지어 섰고, 찻길을 가득 메운 자동차들은 끝이 보이지 않아요. 시장 골목은 값을 깎으려는 손님들과 조금이라도 더 받으려는 가게 주인들의 흥정 소리로 가득해요.

그런데 멀찌감치 이런 모습을 지켜보는 새 한 마리가 있어요. 제법 큼지막한 몸집이 평범해 보이지 않아요.

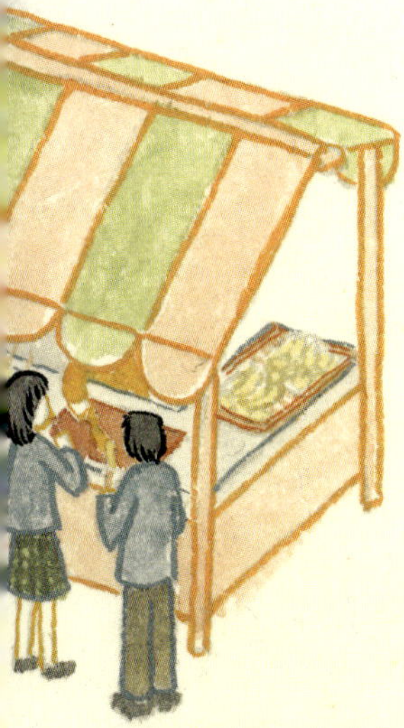

30센티미터도 더 넘어 보이는 이 큰 새는 사람들을 보는가 싶더니, 곧 하늘로 날아올라요.

'오늘은 뒷산으로 사냥을 나가 볼까?'

새는 하늘 높이 솟구치다 방향을 돌립니다. 마침 가까운 곳에 작은 산이 있어요. 새는 산 주변을 빙빙 돌아요. 그러다 문득 멈춰 섰어요. 날개를 퍼덕이며 제자리에 한참을 머물러요. 마치 벌새처럼 제자리에서 나는 거예요.

'음, 찾았다!'

새는 멀리 참새 한 마리가 나는 모습을 보았어요. 날던 참새가 나뭇가지에 사뿐히 앉으려는 순간, 새는 기다렸다는 듯 쏜살같이 날아갔어요.

"짹!"

참새는 외마디 비명만 지른 채 사로잡히고 말았지요.

시내 한복판에서도 만날 수 있는 이 새는 어떤 새일까요? 몸통에는 붓으로 콕콕 점을 찍어 놓은 듯한 갈색 무늬가 있어요. 또록또록 빛나는 눈망울은 귀여우면서도 무척 매서워 보이지요. 이 새는 바로 황조롱이(천연기념물 제323호)랍니다. 황조롱이는 매의 한 종류예요. 사냥이라면 누구에게도 뒤지지 않지요.

　황조롱이는 잡은 참새를 가지고 아내 황조롱이가 기다리는 둥지로 날아갔어요. 황조롱이는 시장 옆 한 높은 빌딩의 간판 뒤에 둥지를 만들어 놓았어요. 아무도 쉽게 찾아낼 수 없는 곳이지요.

　황조롱이 아내는 한참 알을 품고 있다가 먹이를 물어 온 남편 황조롱이를 반겼어요.

　"그렇지 않아도 알을 계속 품고 있으려니 배가 너무 고팠어요."

　아내 황조롱이는 지쳐 보였어요. 황조롱이 부부는 얼마 전 큰 슬픔을 겪기도 했거든요. 황조롱이 부부가 이번에 낳은 알은 모두 다섯 개였어요. 그런데 어느 날 사냥을 다녀와 보니 글쎄, 알이 두 개나 없어진 거예요.

　"여보, 이 근처에는 우리 알을 훔쳐 먹을 만한 짐승이 없을 거라고 했잖아요. 어떻게 된 거예요?"

　"그러게 말이에요. 어떻게 이런 일이……."

　황조롱이 부부는 슬펐지만 남은 알은 꼭 잘 지키기로 약속했어요. 그리고 이제 알에서 새끼들이 나오려면 얼마 남지 않았어요.

　엄마가 될 황조롱이는 정성껏 알을 품었어요. 알을 품기 시작한 지 한 달쯤 지나자 드디어 회색 털이 보송보송한 새끼 황조롱이들이 알을 깨고 나왔답니다.

“내 아기들!”

“자, 앞으로 한 달 동안은 엄마 말을 잘 들어야 한다.”

황조롱이 부부는 정말 행복했어요. 아빠 황조롱이는 작은 새나 쥐를 열심히 사냥해서 새끼들에게 골고루 나누어 주었어요.

어느덧 새끼들은 통통하게 살이 오르고, 솜털도 빠져 제법 어른의 모습을 갖추게 되었어요. 이제 새끼 황조롱이 세 마리가 부모 곁을 떠날 때가 왔어요.

“이 근처에도 먹이를 찾을 만한 산이 있지만, 조금 더 가면 강가에 작은 섬이 있단다. 아주 살기 좋을 거야. 너희 마음대로 날개를 펴고 자유롭게 살아 보렴.”

새끼 황조롱이들은 날개를 몇 번 푸덕거리더니, 힘차게 날아올랐어요.

황조롱이 부부는 새끼들의 힘찬 날갯짓을 보며 속으로 조용히 빌었지요.

‘부디 다치지 말고 사람들에게 잡히지도 마라.’

황조롱이는 우리가 가장 가까이에서 만날 수 있는 천연기념물 새 중 하나일 거예요. 워낙 사람이 사는 마을에 찾아들기 좋아하니까요. 가끔은 큰 빌딩이나 다리 밑, 아파트 베란다에까지 자리를 잡곤 하지요. 어쩌다 '우리 집에 황조롱이가 둥지를 틀었어요.' 하는 사람들의 이야기가 텔레비전 뉴스에 나오기도 해요.

황조롱이나 참매, 붉은배새매, 새매 등과 같은 매 종류의 새는 세계적으로 점점 수가 줄어들고 있어요. 그래서 세계 사람들은 이 새들을 잘 보호하자는 약속을 했지요.

우리 조상들은 예부터 매를 잘 훈련시켜 사냥할 때 데리고 다니곤 했어요. 이렇게 매는 사람들과 인연이 깊었어요. 그렇다고 황조롱이가 사람의 손을 좋아하는 것은 아니에요.

어떤 아파트 베란다에서 황조롱이가 알을 낳았는데, 그 집에 사는 사람들은 알이 너무 신기하고 궁금해서 조금 만져 보았대요. 알을 품던 황조롱이가 밖으로 나간 사이에 말이에요. 그러자 둥지로 돌아온 황조롱이는 놀란 듯 그 알을 밀어냈어요. 사람이 만졌다는 것을 금방 알아차리고 알을 그냥 포기한 거예요.

너무 냉정한 엄마 새라고요? 하지만 일단 알에서 깬 새끼들은 어떤 일이 있어도 정성을 다해 보살펴요.

황조롱이는 산속에서 여름을 지내고, 겨울에는 들로 나오는 새예요. 하지만 요즘에는 들에 있는 먹이가 농약에 오염되어서인지 황조롱이가 복잡한 도시에까지 날아와요. 그런데 참 이상하지요? 도시는 온통 빌딩으로 둘러싸여 먹이도 귀할 텐데, 왜 서울 같은 큰 도시에 황조롱이들이 자꾸 나타날까요?

바로 서울에 야생동물이 살아갈 만한 곳이 점점 많아졌기 때문이에요.

　한강 여의도 샛강에는 200여 종의 풀과 나무들이 자라는 생태 공원이 있어요. 꼬리조팝나무, 갈퀴망종화, 붉은인동과 같은 보기 드문 식물들이 무성한 갈대, 물억새와 함께 어우러져 있지요.

　이곳은 우리나라에 처음 만들어진 생태 공원이에요. 원래는 비가 조금만 많이 오면 강물이 넘치고, 군데군데 파인 웅덩이에서는 냄새가 나 버려지다시피 한 곳이었어요. 하지만 물을 깨끗이 하고, 사람들의 노력이 보태지자 아름다운 곳으로 다시 태어났어요.

　버들치, 송사리, 붕어 등 민물고기들이 맑은 물을 가르고, 황조

롱이, 흰뺨검둥오리, 왜가리, 덤불해오라기, 멧새, 박새, 딱새, 물총새 같은 새들이 날아들어 자연 그대로의 모습을 보여 주고 있답니다.

이 밖에도 길동에 자리한 자연 생태 공원이라든가, 밤섬, 상암 월드컵 공원에도 야생동물과 식물이 터를 잡고 살고 있어요.

그중에서 특히 상암 월드컵 공원은 변화가 참 눈부신 곳이에요. 이곳은 원래 도시에서 내보낸 쓰레기를 모아 두던 곳이었어요. 쓰

레기를 오랫동안 땅에 묻다 보니 그만 커다란 산처럼 거대해졌지요. 그랬던 이 쓰레기 산을 생명이 사는 곳으로 가꾼 것이 바로 상암 월드컵 공원이랍니다.

지금 상암 월드컵 공원에는 소쩍새나 솔부엉이(천연기념물 제324-3호)와 같은 천연기념물이 찾아오고 있대요.

환경을 보호하고 가꾼다는 것이 바로 이런 행복 아닐까요? 우리가 아끼고 보살핀 만큼 자연은 우리 안으로 성큼 들어오지요.

조상들의 사냥을 도왔던 우리나라 매

전 세계에 있는 매의 종류는 60여 가지예요. 그중 우리나라에는 매, 참매, 붉은배새매, 새매, 개구리매, 황조롱이 등이 살아요. 모두 천연기념물 제323호로 보호를 받고 있지요. 참매와 새매, 황조롱이는 우리나라 텃새이고, 매, 붉은배새매, 개구리매는 한 계절 쉬어 가는 철새예요. 그럼 함께 만나 볼까요?

매는 송골매라고도 부르는데, 얼굴에 수염처럼 보이는 검은 얼룩이 있어요. 매는 아주 오래전부터 우리 조상들의 사냥을 도왔다고 해요. 그 빠르기가 어찌나 굉장한지, 하늘을 나는 치타라고 해도 좋을 정도예요.

매(천연기념물 제323호)

참매(천연기념물 제323호)

참매는 푸른빛이 감도는 회색 몸에 흰 눈썹처럼 보이는 털이 또렷해요. 매와 함께 사냥매로 잘 쓰였는데, 특히 꿩 사냥을 아주 잘해요. 참매는 우리나라에 사는 매 중 몸집이 가장 커서, 몸길이가 48센티미터에서 61센티미터에 이른답니다.

옛사람들은 특히 태어난 지 1년이 채 안 된 참매를 사로잡아 사냥매로 키우곤 했어요. 어미 참매에게 먹이 잡는 법만 겨우 배운 어린 참매들이지요. 이 참매를 보라매라고 해요. 어린 참매의 깃털이 보랏빛을 띠고 있기 때문이랍니다.

또 붉은배새매는 말 그대로 가슴에 분홍빛 털이 있는 매예요. 황조롱이와 마찬가지로 배에 가로무늬가 없어요.

붉은배새매(천연기념물 제323호)

황조롱이(천연기념물 제323호)

부록
교과가 튼튼해지는
우리 것 우리 얘기

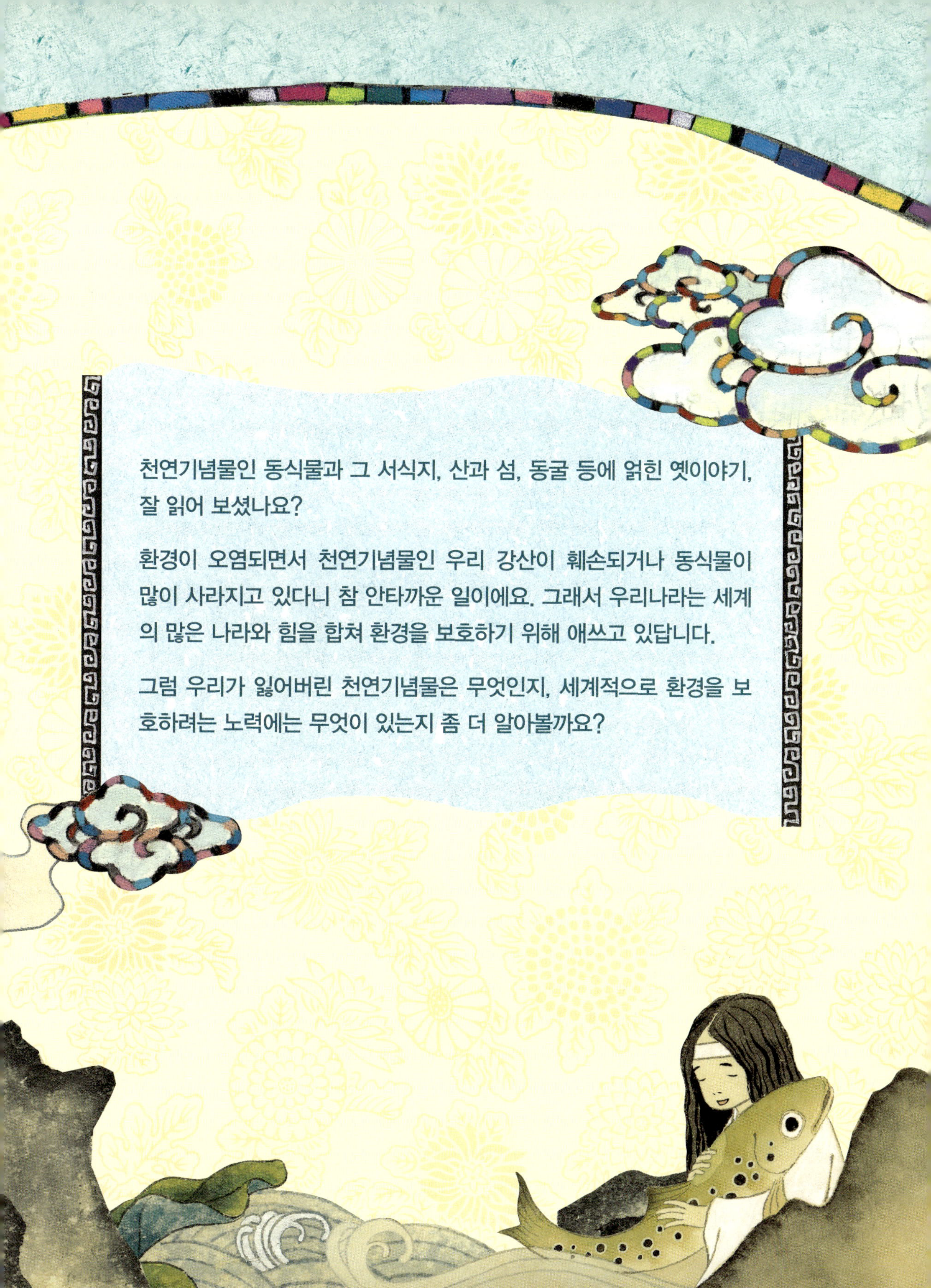

천연기념물인 동식물과 그 서식지, 산과 섬, 동굴 등에 얽힌 옛이야기, 잘 읽어 보셨나요?

환경이 오염되면서 천연기념물인 우리 강산이 훼손되거나 동식물이 많이 사라지고 있다니 참 안타까운 일이에요. 그래서 우리나라는 세계의 많은 나라와 힘을 합쳐 환경을 보호하기 위해 애쓰고 있답니다.

그럼 우리가 잃어버린 천연기념물은 무엇인지, 세계적으로 환경을 보호하려는 노력에는 무엇이 있는지 좀 더 알아볼까요?

천연기념물을 보호하는 국제 협약

천연기념물과 같은 자연 유산은 아주 소중해서 우리나라뿐만 아니라 세계의 많은 나라들도 보호하기 위해 노력해요. 국제 협약을 맺어 전 세계가 다 함께 멸종 위기의 자연 유산을 지키자는 약속을 실천하고 있답니다.

세계 문화 및 자연 유산 보호에 관한 협약

유네스코 세계 유산 위원회에서는 인류 전체를 위해 꼭 보호해야 할 문화유산과 자연 유산, 복합 유산을 지정해 '세계 문화유산'으로 관리해요. 제주도의 용천동굴, 당처물동굴, 만장굴이 세계 자연 유산으로 지정되어 있답니다.

당처물동굴(천연기념물 제384호)

제주 토끼섬 문주란 자생지(천연기념물 제19호)

문화재 불법 반·출입 및 소유권 양도의 금지와 예방 수단에 관한 협약

한 나라의 문화재가 훼손되거나 귀한 동식물이 사라지게 되는 이유 중 하나가 몰래 다른 나라로 가지고 가기 때문이래요. 이 협약은 천연기념물로 지정된 동물군, 식물군, 광물군, 해부한 것의 표본 등 자연 유산을 함부로 가지고 가거나 팔 수 없도록 하고 있어요.

멸종 위기에 처한
야생 동식물종의 국제 거래에 관한 협약

세계화 시대에 각 나라들은 그 어느 때보다도 무역을 활발하게 하고 있어요. 그런데 안타깝게도 멸종 위기에 처한 야생 동식물을 사고파는 일도 많아요. 이 협약은 돈으로 가치를 따질 수 없는 야생 동식물을 보호하기 위해 정해졌어요.

반달가슴곰(천연기념물 제329호)

검은머리갈매기

생물 다양성 협약

생물종이란 지구에 살고 있는 모든 생물과 생태계, 생물이 가지고 있는 유전자까지 함께 일컫는 말이에요. 생물 다양성 협약은 생태계 파괴를 막고, 지구의 생물종을 보호하자는 협약이에요.

람사 협약

유네스코는 철새나 물새가 사는 습지를 보호하기 위해 1972년 이란의 '람사'에서 이 협약을 채택했어요. 람사가 지정해 보호하는 습지를 '람사 협약 습지'라고 한답니다. 우리나라의 대암산 용늪, 창녕 우포늪, 신안 장도 습지, 보성 벌교 갯벌, 제주 물영아리 오름, 태안 두웅 습지, 울산 무제치 늪, 무안 갯벌 등이 모두 람사 협약 습지랍니다.

대암산 용늪

이미 멸종되어 버린 우리 야생동물

천연기념물이었는데 멸종되었거나 천연기념물로 지정되기도 전에 이미 사라진 동물들이 있어요. 환경이 파괴되어 살 곳을 잃고, 사람들에게 잡혀 죽임을 당하기도 했기 때문이에요. 안타까운 야생동물들의 역사를 들어 볼까요?

회색늑대

늑대

조선 시대에는 전국에서 볼 수 있을 정도로 수가 많았어요. 그러나 일제 강점기에 일본은 위험하다는 이유로 늑대를 많이 죽였어요. 1980년 경상북도 문경에서 마지막으로 발견된 늑대는 서울 대공원에서 살다가 1996년에 죽고 말았어요.

꽃사슴(대륙사슴)

꽃사슴 역시 조선 시대만 해도 전국에 널리 살았어요. 하지만 꽃사슴의 뿔이 몸에 좋다는 소문이 퍼져 수많은 꽃사슴이 사람들에게 목숨을 잃었답니다. 지금 우리가 동물원에서 보는 꽃사슴은 일본과 중국에서 수입한 거예요. 우리나라 토종 꽃사슴은 이미 멸종된 것으로 알려져 있어요.

꽃사슴

여우

우리나라 여우는 멸종된 것으로 알려졌다가
1987년 지리산에서 한 마리가 발견되었어요.
그러나 그 여우마저 북한이나 외국에서 온 것
일 수 있다는 사실이 밝혀져 이제 여우는 완전
히 멸종되지 않았을까 생각하고 있어요.

붉은여우

표범

표범

우리나라 표범은 만주와 연해주에 걸쳐 살았어요. 그러나
일제 강점기에 위험한 동물이라는 이유로 무분별하게 죽
여 거의 멸종되었지요. 1962년 경남 오도산에서 발견된
표범이 마지막이었답니다.

호랑이

호랑이도 일제 강점기에 너무 많이 죽여 거의
멸종되었어요. 하지만 어떤 동물학자는 아직 우
리나라에 호랑이가 산다고 믿어요. 깊은 산속에
서 발자국이나 배설물 등을 찾은 적이 있거든
요. 하지만 정확한 증거는 아직 없답니다.

백두산 호랑이

＜오십 빛깔 우리 것 우리 얘기＞ 시리즈
권별 교과 연계표

 국 국어　 사 사회　 과 과학　 도 도덕　 음 음악　 미 미술

 체 체육　 실 실과　바 바른 생활　슬 슬기로운 생활　 즐 즐거운 생활

- 신 나는 열두 달 명절 이야기 　사 3-2　사 5-1　사 5-2　슬 1-2
- 관혼상제, 재미있는 옛날 풍습 　국 1-2　국 4-1　사 3-2　사 5-2
- 조상들은 어떤 도구를 썼을까 　국 2-2　사 3-1　사 5-1　사 5-2
- 옛날엔 이런 직업이 있었대요 　국 5-1　국 6-2　사 3-1　사 4-2
- 꼭 가 보고 싶은 역사 유적지 　국 4-1　국 4-2　사 6-1　사 6-2
- 신토불이 우리 음식 　국 3-1　사 3-1　사 5-1　사 6-2
- 어깨동무 즐거운 우리 놀이 　국 4-1　사 5-2　체 4　즐 1-2
- 나라를 다스린 법, 백성을 위한 제도 　사 3-2　사 4-1　사 6-1　사 6-2
- 하늘을 감동시킨 효자 이야기 　도 3-1　도 5　바 1-1　바 2-2
- 오천 년 지혜 담긴 건물 이야기 　국 4-1　국 4-2　사 5-1　사 5-2
- 세계가 놀란 발명 이야기 　국 3-1　국 5-2　사 3-1　사 5-2
- 빛나는 보물 우리 사찰 　국 4-1　사 6-2　바 2-2
- 나라의 자랑 국보 이야기 　국 5-2　사 6-1　사 6-2　바 2-2
- 나라를 지킨 호랑이 장군들 　국 4-2　국 6-1　사 6-1　바 2-2
- 오천 년 우리 도읍지 　국 4-1　사 5-2　사 6-1
- 하늘이 내린 시조 임금님들 　국 6-2　사 5-2　사 6-1　바 2-2
- 옛날 관청과 공공시설 　사 3-1　사 3-2　사 6-1　사 6-2
- 옛사람들의 우정 이야기 　국 4-1　국 6-2　도 3-1　바 1-1
- 얼쑤, 흥겨운 가락 신 나는 춤 　국 6-1　국 6-2　사 3-1　음 3
- 아름다운 독도와 우리 섬 　국 2-1　국 4-1　국 5-2　사 4-1
- 본받아야 할 우리 예절 　국 3-2　도 4-1　바 2-1　바 2-2

오십 빛깔 우리 것 우리 얘기 23

우리가 지켜야 할 천연기념물

초판 1쇄 인쇄 | 2011년 4월 21일
초판 1쇄 발행 | 2011년 4월 28일

글쓴이 | 우리누리
그린이 | 이설

발행인 | 김우석
편집장 | 신수진
책임 편집 | 이정은
편집 | 최은정, 박경화
마케팅 | 공태훈, 김동현

편집 진행 | 최문영
디자인 | 조성이
인쇄 | 영신사

발행처 | 중앙북스
등록 | 2007년 2월 13일 제 2-4561호
주소 | (100-732) 서울시 중구 순화동 2-6번지
편집문의 | (02)2000-6324
구입문의 | 1588-0950
팩스 | (02)2000-6174

ⓒ 우리누리 2011

ISBN 978-89-278-0120-7 14800
      978-89-278-0092-7 14800(세트)